# DIAS URGENTES

Pedro Carrano

# DIAS URGENTES
## Caderno de crônicas e narrativas
## (2015 a 2021)

1ª edição

EXPRESSÃO POPULAR

São Paulo – 2021

Copyright © 2021 by Editora Expressão Popular

Preparação de texto: Cecília Luedemann
Revisão: Miguel Yoshida
Projeto gráfico e diagramação: Zap Design
Impressão: x

Dados Internacionais de Catalogação-na-Publicação (CIP)

C312d  Carrano, Pedro
Dias urgentes : caderno de crônicas e narrativas (2015 a 2021) / Pedro Carrano. -- 1. ed.-- São Paulo : Expressão Popular, 2022.
144 p.

ISBN 978-65-5891-075-6

1. Crônicas brasileiras. 2. Crônicas – Brasil. 3. Ensaios. 4. Narrativas. I. Título.

CDU 869.0(81)-4

Catalogação na Publicação: Eliane M. S. Jovanovich  CRB 9/1250

Todos os direitos reservados.
Nenhuma parte desse livro pode ser utilizada ou reproduzida sem a autorização da editora.

Publicado pela primeira vez pela Ciclo Contínuo Editorial, em 2019.

1ª edição pela Expressão Popular: setembro de 2022

EDITORA EXPRESSÃO POPULAR
Rua Abolição, 197 – Bela Vista
CEP 01319-010 – São Paulo – SP
Tel: (11) 3112-0941 / 3105-9500
livraria@expressaopopular.com.br
www.expressaopopular.com.br
ed.expressaopopular
editoraexpressaopopular

# Sumário

Uma explicação ............................................................................... 9

## TEMPOS AMARGOS
O homem que se lançou no túnel do metrô de São Paulo ............... 13
Em lados opostos ............................................................................ 17
De quando eu desliguei a chave do trator ....................................... 21
A fúria do messias ........................................................................... 23
Não somos apenas um documento .................................................. 27
Os dias na verdade têm sido assim .................................................. 29
Natal ............................................................................................... 31
Sobre terrenos vazios ...................................................................... 33
As ditaduras nunca varridas de nossas vidas .................................... 35
Manhãs naquele bairro .................................................................... 39
Distribuição de jornal ..................................................................... 43
Molduras ......................................................................................... 47
Crônica de uma tarde livre .............................................................. 51
Diante do portão da colônia penal .................................................. 53
E eu toquei de leve naquele ombro ................................................. 57
Eu não a conheci. Eu a conheci ...................................................... 59
E o nosso legado será a ciência e a arte .......................................... 63

## FUTEBOL À SOMBRA DA MEMÓRIA
Só fiz um gol na vida ...................................................................... 69
O anti-herói da Copa de 94 ............................................................ 73
Penalidades máximas ...................................................................... 75
Greve do futebol ............................................................................. 77
Maradona e a arte de perceber o outro ........................................... 81

## EU ESTOU AQUI DENTRO

Meu nome é Paulo ............................................................................. 85
Mipoh .................................................................................................. 86
João Baruinho .................................................................................... 87
Eu não faço o sacrifício ..................................................................... 88
Eu estou aqui dentro......................................................................... 90
Carlos do bananal ............................................................................. 92

## UMA FESTA PROS GRINGOS

Convoque seu coach ......................................................................... 97
Uma festa pros gringos .................................................................. 101
Europa, entre céus e infernos........................................................ 105
De quando conheci Mariátegui pessoalmente............................ 109
Portugal, Revolução dos Cravos e os enigmas de hoje ............. 113
Mande alguém à Guatemala ......................................................... 117
Carta a José Saramago ................................................................... 121

## NARRATIVAS

Narrativas......................................................................................... 125
Crônica de um ato em Curitiba..................................................... 127
Nosso espetáculo – crônicas do Circo da Democracia............... 129
Os dias de ocupação ...................................................................... 131
Crônica do dia quando Ivete disse não ....................................... 135
Quinhentos e oitenta dias entre luzes e sombras,
debaixo de chuva e sol................................................................... 139
O sorriso de Néia ............................................................................ 143

Ao Joka Madruga e à Paula Zarth Padilha, pelo incentivo.
Por melhores dias.

# Uma explicação

*Não serei o poeta de um mundo caduco.*
*Também não cantarei o mundo futuro.*
*Estou preso à vida e olho meus companheiros.*
*Estão taciturnos mas nutrem grandes esperanças.*
*Entre eles, considero a enorme realidade.*
*O presente é tão grande, não nos afastemos.*
*Não nos afastemos muito, vamos de mãos dadas.*
*Não serei o cantor de uma mulher, de uma história,*
*não direi os suspiros ao anoitecer, a paisagem vista da janela,*
*não distribuirei entorpecentes ou cartas de suicida,*
*não fugirei para as ilhas nem serei raptado por serafins.*
*O tempo é a minha matéria, o tempo*
*presente, os homens presentes,*
*a vida presente.*
"Mãos dadas", Carlos Drummond de Andrade

Comecei a escrever crônicas em 2015, como parte de um projeto de retomada da literatura, em meio a uma vida marcada pela militância política e pelo jornalismo sempre ligado aos movimentos populares. Ao chegar a 2020 e começar a reunir essa manada de textos, percebo a curva histórica em que essas crônicas se inserem. E buscam, de alguma forma, relatar uma época e suas contradições.

Alguns são textos duros, amargos, no fundo relatando o acirramento das lutas de classes no Brasil atual, o impacto desde a retirada de Dilma Rousseff do governo, em 2016, os impactos do projeto do governo Temer, a ascensão do bolsonarismo, presente também nas falas e no cotidiano das pessoas; as angústias da minha geração que sempre lutou, e luta por "mais" para o Brasil e tem visto o avanço de um projeto do "menos".

Os editores do site *Terra Sem Males* me incentivaram muito nessa empreitada, desde o começo – publiquei também vários textos em minha coluna no jornal *Brasil de Fato* e também no site *Porém.net*. Como contraposição inevitável a um cenário pessimista, dois capítulos trazem narrativas do que se realiza e supera pela via coletiva: ali estão presentes os relatos da greve geral de 2017, os primeiros atos contra o governo Temer, a vida de servidores municipais e personagens dos bairros e das áreas de ocupação que conheci e onde me insiro. Inevitavelmente, minha trincheira de escrita é ali. Retratar os rostos dos sem rosto. Meu exercício de escrita é, fundamentalmente, a busca pela empatia, voltado para a compreensão sobre a outra pessoa.

Por que não pensar que alguns episódios certamente estarão nas cartilhas do futuro? Pude vivenciar a Vigília Lula Livre e a prisão política de Lula, o Circo da Democracia e as ocupações de mais de 900 escolas no Paraná, ambos em 2016.

Há espaço ainda para memórias de infância e de juventude marcadas pelo imaginário do futebol.

De longe, eu julgava que alguns textos estavam ultrapassados. Depois que os li novamente, vi que não. São vozes do que queremos dizer desses duros tempos para o futuro.

Urgentes, os dias seguem. E gritam.

Pedro Carrano
junho de 2021.

# Tempos amargos

# O homem que se lançou no túnel do metrô de São Paulo

"Isso aqui é uma loucura, cara, fica um dia aqui pra você ver!", me disse o funcionário do metrô de São Paulo, enquanto tentava conter o fluxo gigante de pessoas que se concentravam ali. As linhas estavam paradas. As escadas rolantes tiveram que ser desligadas para não haver algum acidente.

Eu não tinha necessariamente pressa naquele horário, então fiquei observando o amontoado de gente, esperando as coisas se acalmarem. Muitas pessoas ali estavam obstinadas em fazer *selfies*, *lives* e vídeos no meio daquela situação. Me interessei pela conversa que esse segurança do metrô puxava.

– Que aconteceu, meu?

– Uma pessoa caminhando no túnel perto da estação Vila Madalena. Tudo parado. Todo dia tem um caso assim. Não aguento mais, cara.

São tempos de muitas encruzilhadas, muitos fragmentos de caminhos, a maioria deles incertos, escorregadios. São tempos que pesam sobre nossos ombros mesmo se não nos damos conta disso. A imagem daquele sujeito se lançando pelo túnel sem luz, talvez sem certeza, esperando o que poderiam ser os últimos segundos antes do apito, mexeu comigo.

Mexeu comigo. De tão impactado por aquela imagem, acho que nem cheguei a perguntar qual teria sido o desenlace da história. Logo os trens seguiram seu caminho, a pista estava aberta de novo, "isso acontece toda semana", dizem os relatos. O chamado doce de "próxima parada" se restabeleceu rapidamente.

Foi inevitável para mim. Como não comparar a imagem forte de alguém entrando desacreditado num túnel à falta de sentido de futuro que tem se acumulado brutalmente desde o golpe de 2016?

Os problemas estruturais da sociedade brasileira antes estavam longe de serem resolvidos. Mas havia um patamar para a frente, uma caminhada adiante, o futuro e a juventude pediam mais, não menos direitos. Eu mesmo recordo que, em 2010, ano de descoberta das reservas do pré-sal, os *e-mails* pipocavam com anúncios de concursos na Petrobras. E agora, José?

Não conheço esse sujeito sem nome que se atirou caminhando calmamente na via do metrô de São Paulo. Não sei de sua história e nem mesmo suas motivações. Eu o imagino andando devagar e, ao mesmo tempo, com foco. Agora estaria entre os cerca de 5 milhões de desacreditados para procurar trabalho? Entre os mais de 12 milhões de desempregados? Entre a massa gigantesca e cotidiana de informalizados? Entre os trabalhadores de alguma fábrica que fecha a porta com a queda na indústria?

Não sei. Não sei mesmo. Ao que parece, e quero acreditar nisso, ele sobreviveu e encontrou, como todos nós, as saídas que sempre podem ser encontradas, mesmo nos momentos nublados.

Talvez alguém, gosto de acreditar nessa imagem, o tenha puxado pela mão e o conduzido para fora daquele túnel de metrô. Sem soltar a mão dele nem por um instante.

Fevereiro de 2020.

# Em lados opostos

No final do ano, eu lia um livro enquanto esperava a minha senha para ser chamado pelo caixa do banco. Apesar do ambiente sempre carregado, eu estava tranquilo: era meu primeiro dia de recesso, pronto para dizer adeus a duas contas atrasadas nas mãos, sem a pressa habitual de logo correr de volta para o local de trabalho.

Mal passei do primeiro parágrafo e todos na fila ouvimos gritos detrás do tapume que encobre os caixas. Pelo tom do sotaque, parecia um misto de francês e português, enquanto a bancária afirmava não compreender nada.

O haitiano estava revoltado. No auge da gritaria, resolvi me aproximar e ver se ajudaria na tradução. Não estava seguro se seria útil naquele momento tenso. Nunca fui um imigrante, mas ao menos sei o que significa o peso do olhar de todos quando estamos sós noutro país.

Logo fiquei sabendo que ele havia apresentado uma nota de 100 reais para depósito em conta. Possivelmente, era um vendedor ambulante e recebeu o pagamento dessa forma do atravessador. Mas a nota era falsificada e a bancária reteve o dinheiro.

Desesperado, em pleno final de ano, aqueles 100 reais eram tudo o que ele enviaria à família no Haiti novamente em convulsão social, resultado de políticas internacionais equivocadas, puxadas pelo governo estadunidense, onde o governo brasileiro também foi se meter.

A gerência e as trabalhadoras do caixa me agradeceram pela tentativa de tradução, embora o haitiano estivesse inconsolável. A tensão crescia entre eles. O que me impressionou foi que, mesmo sendo vidraça da revolta das pessoas contra os procedimentos dos bancos, a gerência e as bancárias não destilavam preconceito contra o trabalhador negro – algo que sempre preocupa nos dias de hoje de aumento do tom conservador.

A bancária emitiu para ele um comprovante de retenção e sugeriu que procurasse o consulado. Outro bancário pediu para que eu traduzisse a frase, o que foi extremamente difícil e incômodo.

– Entendemos sua situação, mas agora a gente pode ser demitido se não reter o dinheiro.

As pessoas na fila se solidarizaram com o haitiano. Num momento de empatia, um casal colocou a culpa no banco:

– Esse dinheiro é dele, porra!

Mas outro senhor interveio:

– Mas o sistema financeiro tem o controle sobre a circulação de moedas.

O duro era novamente viver aquela situação: trabalhadores tendo que massacrar um trabalhador. Inimigos do mesmo lado. Ou iguais em lados opostos. Quantas vezes eu presenciei situações como essa? E fiquei sem saber o que fazer, num papel torto de tradutor de uma injustiça.

E quem disse que tudo ia ficar na conversa? Frente ao desespero do imigrante, a gerência gritou:

— Estamos chamando a polícia!

Ele ainda correu sem norte no interior da agência, e logo tentou sair. O segurança sinalizou que o deteria, mas vários dos que estávamos lá acenamos e não permitimos.

O haitiano rodou a porta giratória com força, aos prantos, e desapareceu na praça Carlos Gomes, antes que eu pudesse perguntar seu nome e levá-lo ao sindicato, onde Rasmie, nossa secretária, trabalha com o apoio à imigração.

A fila andou e paguei meu condomínio e luz atrasados. Na saída, olhei o entorno e não o achei. Em compensação, pela primeira vez notei um grupo de haitianos sentados num dos bancos da praça. E fiquei com aquele incômodo frio na barriga: quantas notas eles carregam nos bolsos?

Fevereiro de 2016.

# De quando eu desliguei a chave do trator

Hoje eu resolvi falar com vocês depois de tantos anos.
Eu já sei que ninguém vai se lembrar mais e que os ditos 15 minutinhos de fama já foram também ignorados faz tempo. Não tem problema não.

Sim, sou eu mesmo, muito prazer, aquele tratorista que se recusou a passar com a máquina por cima dos barracos de umas dez famílias invadindo um terreno particular, ou ocupando, como vocês queiram chamar.

Começo dos anos 2000, ocupações bombando no campo, na cidade, e o meu gesto trouxe um monte de confusão para essa tal de opinião pública.

O *Jornal Nacional* deu destaque para a minha empatia, quando eu chorei do alto daquele tratorzão, desci e abracei o dono de uma das casas. Eu me emocionei sim. Eu não deixei aquilo continuar não. De jeito nenhum. Eu fiquei abraçado na frente da boca da máquina cheia de dentes, com aquela família e a imagem correu o mundo. O oficial de justiça me ameaçou e eu fui preso por não cumprir ordem judicial. Virei símbolo de alguma coisa, eu acho, pelo menos era o que diziam os que me reconheciam nas ruas. Diziam que a necessidade humana estava acima de tudo.

Só que, na sequência, tudo mudou. Os tais dos analistas dos jornais pensaram melhor e viram que o que eu fiz podia ser exemplo de alguma coisa que incomodava muito.

E passaram a dizer que o meu gesto parecia bonito, mas, na verdade, eu atropelei o direito à propriedade que está expresso na Constituição – e o que eu fiz dava margem para outras pessoas burlarem a letra abstrata da lei. Foi isso o que eu escutei do analista da rádio. O despejo tinha que ter sido executado, e ponto final. Eu, incompetente que sou, não cumpri com o meu trabalho e as minhas obrigações.

Tudo bem. Vida que seguiu. Não guardei mágoas. Eu. O cara do trator. O cara que não derrubou o barraco. O cara que chorou. Óbvio que a empresa terceirizada da prefeitura me fodeu e me mandou pra rua, você acha o quê.

Agora eu estou aqui, querendo lançar o meu protesto. Olhando a mesma turma que disse que eu prejudicava a Constituição. Mas agora são os mesmos que dizem que tudo bem o Trump matar o general de outro país só da ideia da cabeça dele. Que o Lula devia ter continuado preso sem poder recorrer. Que o Moro fez certo em se articular com o Dallagnol e tratorar, opa, esse tal devido processo legal. Que tudo bem tirar na porrada aquele presidente índio dos bolivianos.

Os mesmos que agora querem despejar tantas famílias camponesas, só no Paraná já foram nove despejos forçados. Quais privilégios eles querem manter, afinal?

Mas o acusado de atropelar a Constituição fui eu. Justamente o cara que, olhando no fundo do olhinho daquela família de gente humilde, justamente eu que, você entende, desliguei a chave do trator.

Janeiro de 2020.

# A fúria do messias

Eu estava quase chegando em casa, depois de uma viagem longa que começou no Tietê, em São Paulo, aportaria na rodoviária de Curitiba e se estenderia pelo ônibus biarticulado Santa Cândida – Capão Raso, em um final de segunda-feira ao sol. O clima, para mim, era também de retorno das férias, indo na contramão da maioria das pessoas.

No fluxo de passageiros, alto naquele fim de tarde, ambulantes, jovens cantores e também pedintes surgiam e desapareciam a cada estação. Não só ali, mas era visível desde São Paulo a diversidade de formas que as pessoas encontram para viver e se virar. Foi quando um dos vendedores tratou de usar talvez uma das metodologias mais eficientes, que é a de distribuir o produto primeiro e depois se apresentar.

Sotaque carioca, vindo de uma comunidade terapêutica, o amigo, por um real, vendia um livreto de histórias bíblicas, com cores fortes e desenho com traço infantil.

Rapidamente, porém, um senhor ao meu lado tomou a cartilha da minha mão e praguejou contra aquele abuso, aquela propaganda petista mal disfarçada, segundo ele.

O fascículo de Adão e Eva que caiu no meu colo trazia o casal fundante da humanidade totalmente nu, uma folhinha verde cobrindo as ditas vergonhas, e os dois corpinhos praticamente encostados um ao outro.

Aquela "ideologia de gênero" se justificava para o velho também no fato de que o traçado de Adão e Eva não definia direito quem era quem. Revoltado, ele se disse major reformado do Exército e passou a insuflar o ônibus contra o vendedor ambulante.

O vendedor demorou para entender qual era o problema. A maioria na verdade mastigava uma indiferença gritante, presa na tela do celular, deixando aquela cena apenas para o núcleo de pessoas que estava no fundo do ônibus biarticulado.

O vendedor, confuso, tentou amenizar a situação agarrado nas leis do mercado:

– Mas, moço, é só um real!

Ele explicou que não tinha nada a ver, que precisava vender e trabalhar para o sustento e queria também deixar o vício.

– E vai sair do vício desse jeito?

Nada convencia o sujeito raivoso, que conseguiu ao menos arrebanhar algumas pessoas revoltadas para o seu time. Seus argumentos automáticos, quase um condicionamento canino à Pavlov, chegaram a nos metralhar, fazendo pontes com a Coreia do Norte, Cuba, médicos cubanos, Venezuela. Tudo isso se sintetizava naquela imagem brasileira e ingênua de Adão e Eva nus, que agora ganhava ar de conspiração – e nada nos ajudava a criar um antimíssil contra aquela bateria de chavões e tópicos de senso comum disparados contra nós como se autorizados e munidos por um comando superior: "Atirem à vontade!".

O tom era tão alheio à nossa brasilidade, e mais próximo do puritanismo gringo, que ao menos algumas pessoas davam risada daquela situação. "Relaxa, é carnaval!" – alguém poderia intervir, mas faltou coragem a vários de nós. Outros filmavam, talvez na esperança de que o vídeo viralizasse.

Tentei interceder, explicar pelo lado trabalhista o que ninguém está interessado em escutar, falar da necessidade daquele bom moço, trabalhador esforçado, mas não teve jeito, tivemos que deixar o ônibus antes que o caldo engrossasse. Os seguidores do novo messias do coletivo já estavam nos ameaçando ou no mínimo olhando feio.

O ônibus enchia de gente, faltava condição e até espaço físico para qualquer debate sereno. E o vendedor desceu. Desci junto, em solidariedade, e porque não havia muita condição de permanecer depois das discussões com os cruzados daquela causa mal explicada. Ameaçaram até chamar a guarda municipal.

Descendo, eu e o vendedor, cada um iria para o seu canto, e não parecia ter muito espaço e contexto para apresentações. Ele apenas agradeceu meu empenho na defesa, e mostrava que a vida tinha que continuar rápida e real no giro do próximo ônibus.

– E agora vê se me descola um real, chefe. Tu não me defendeu só nos holofotes, né? Eu preciso viver!

Fevereiro de 2018.

# Não somos apenas um documento

Na marcha do dia 8 de março, sol queimando logo cedo, dias secos, o coronavírus era uma notícia, uma ameaça vinda de um mundo distante, me recordo que minha melhor amiga perdeu a pressão e passou mal.

Nos encostamos numa marquise, enquanto minha filha ia buscar um pouco de água ou suco. A caminhada do Dia Internacional das Mulheres estava para se iniciar. Bairro do Parolin, um evento organizado a partir da periferia.

Solidariedade de amigas. Momento de choro. Os corpos cansados e sem saber bem como se curar.

Antes desse dia, uma semana ruim, dúvidas, frustrações, problemas pessoais e políticos num emaranhado que resume bem os dias de hoje, sob o peso de um governo de homens medievos.

Foi quando João se aproximou e com toda humildade do mundo ofereceu sua habilidade de acupunturista, conhecimento de tai chi chuan, a agulha espetada em pontos do corpo que aliviaram a tensão e dor de minha amiga, que se reergueu em pouco tempo.

Naquela manhã de sol, constrangido, me dei conta de que João para mim antes não passava de um contato de WhatsApp que me enviava documentos, pautas para o jornal no qual trabalhamos, e que eu tampouco levava em conta, talvez por diferenças políticas, talvez por arrogância da minha parte.

No fundo, o via e tratava como um documento recebido, sem me dar conta, na correria da vida, de sua dimensão humana. Nossa relação com os outros, fiquei pensando, tem se burocratizado e coisificado cada vez mais, perdido sua dimensão mais ampla e comum. Mas, como disseram os chineses sobre o auxílio aos italianos afetados pelos casos de pandemia: "Somos ondas do mesmo mar".

O pior é essa reflexão óbvia chegar com força pra mim justamente agora, na varanda de casa, sob uma luz matinal incrível e um início de quarentena. Agora que não estamos em contato com várias pessoas que amamos, ou sem poder chamar prum café ou cerveja aquela lista interminável de pessoas com quem queremos retomar o contato e sempre deixamos o reencontro pendente.

Mas ok, é isso. É hora de responsabilidade com o outro, com os mais velhos, de seguir por enquanto cozinhando em panelas a ameaça do fascismo, e ter a disciplina em nome do coletivo pra vencer o coronavírus.

E que os próximos encontros sejam carregados das lições desses dias: depois do vírus que afasta, a necessidade de reencontros.

Março de 2020.

# Os dias na verdade têm sido assim

Dias corridos. Dias intensos. Dias históricos. Dias ruins, mesmo assim. Dias de rimas pobres. Dias de insegurança. Dias sem poesia. Dias de falta de confiança. Dias de caneta vacilante e escrevendo pouco. Dias de poucos amigos. Dias de casa caindo aos pedaços. Dias de louça acumulando. Dias de pouco sono e madrugadas longas de carro. Dias de pouca bosta. Dias de comida não orgânica. Dias de morte, sua ameaça. Dias de preocupação. Dias de que se foda. Dias de músicas de notas dispersas nalguma caixa de som do bairro. Dias de sentir todas as dores e todos os alívios possíveis que cabem no peito. Dias de respiração em atropelo. Dias de estender algum sentimento na direção de algum lugar. Dias de luta. Dias nas ruas. Dias sem trégua. Dias de anos 1980. Dias de anos 1990. Dias de anos 1960. Dias de mobilizações. Dias coletivos. Dias de tudo junto e misturado. Dias de ausências. Dias de crise. Dias de golpe. Dias de dias. Dias de angústia da geração que sonhou diferente o futuro e a política. Dias de conversas e rancor em lados inconciliáveis. Dias de separação. Dias de solidão preenchida com trabalho morto. Dias não de paz, mas daquele trecho sagrado que fala sobre espada. Dias de trabalho vivo na escassa manhã de domingo.

Dias do que não se escreve nas redes sociais, lugar de fala do êxito, da alegria, da autoproclamação. Mas os dias na verdade também têm sido assim. Dias perdidos. Dias ganhos. Dias de dor e delícia preenchidos. Dias urgentes.

Maio de 2017.

# Natal

Para o José "Gancho" Maschio

Ramon velho. Velho e chato. Chato e solitário. Ramon dedicado à mecânica. Ficou chateado no dia 23. Percebeu a véspera de Natal chegando. Não insistia pra seguir trabalhando. Ninguém nem deixava os carros nessa época. Ramon puto. Amigos longe. Alguns mortos, apesar de perto. Ao redor do bairro tudo vazio, fechado. Ramon sem parentes. Churrasco e cerveja só nas garagens pequenas, momento família dos donos de boteco. Ramon de cara tenta algum contato. Mensagens nas listas de WhatsApp. Sem resposta. Ramon posta no grupo das redes sociais. Ramon tirando sarro. Nenhuma reação, poucas curtidas. Noite e virada para o 25 quase chegando, luzes acesas no conjunto de Ramon, a televisão mais chata que nunca. O velho toma uma atitude. Entorna o vinho, coloca o capuz de Papai Noel, presente de amigo-secreto. Ramon, com a sua barba. Ramon pra rua, atravessa a avenida rápida rumo ao bairro, desejando Feliz Natal pra todo mundo. Ramon ironizado. Em pouco tempo, recebe atenção. Buzinaços. Alguns param. "Olha o Papai Noel de verdade!". Brincam com Ramon. Xingam Ramon. Mandam Ramon tomar no cu. Jogam dinheiro. Alguns trocados. Um real no máximo. No próximo posto 24h vale algo. Atravessa o bairro. Passa por um samba na calçada de uma casa. Entra no rebolado. Outros param e oferecem um trago. Fazem uma *selfie* com o Papai Noel sem camisa. Ramon curte, aproveita a barba longa e branca, se diverte, Ramon existe, faz discurso de Natal, entorna mais cerveja, e a certa altura da avenida Ramon é surpreendido por uma criança, numa das esquinas, sorriso sincero, o sorriso onde caberia o mundo das expectativas. Ramon puxado pelo bolso da bermuda. Ramon passado: "E aí, *Papa*i Noel, o senhor trouxe o meu pedido?".

Natal de 2018.

## Sobre terrenos vazios

Eu não sei quanto a vocês, mas a mim me dói e ofende cada terreno abandonado que vejo no caminho do centro até o bairro.

Cada espaço vazio me lembra que há milhares de pessoas, apenas em Curitiba, precisando de moradia digna, e o número de imóveis destinados à especulação imobiliária está na mesma quantia, isso apenas na região central, na chamada cidade A, anterior à fronteira da Linha Verde. Do outro lado dessa fronteira invisível, fica o lugar de fala sem fala e dormitório precário reservado para a maioria das famílias.

Cada espaço de muros quebrados, mato alto e alguns grafites borrados é a vitória visível do valor de troca sobre a necessidade das pessoas e o valor de uso. É o gol de placa da especulação imobiliária e financeira em cima da função social da propriedade. É o drible de nossa condição dependente, no país onde os salários mal alcançam para custear necessidades básicas, caso da moradia. É a manutenção do patamar de preço alto do aluguel, cão guloso devorando o salário.

Em alguns lugares sem história escrita, conhecemos as marcas do despojo. Do despejo. Essas cicatrizes podem ser individuais ou coletivas, como é o caso do terreno do Novo

Mundo onde dona Enoeni foi despejada a mando da prefeitura de Rafael Greca, a partir de mandato da sua primeira gestão, executado pelo ex-prefeito e "doutô" Luciano Ducci, em 2012.

Ou quando, no dia 23 de outubro de 2008, o mar de capacetes e cacetetes da PM despejou com violência 6 mil pessoas, na rua João Dembinski, no bairro do Fazendinha, na região sul da república de Curitiba. Passei novamente, no dia em que finalizo esta crônica, na frente do terreno e me deparei com um gado simpático pastando no lugar onde, nove anos depois, nada foi feito e a propriedade, tão reivindicada nos discursos, não foi transformada em coisa nenhuma.

Se a exploração do local de trabalho muitas vezes se camufla, invisível, o imóvel abandonado é o dente sujo e feio do despojo da propriedade privada e do capital.

Sim, haveria lugar para todo mundo nesse mundão incrível, mas o espaço é de bem poucos e isso delimita e restringe a vida.

Novembro de 2017.

# As ditaduras nunca varridas de nossas vidas

Para Javier Guerrero, Claudio Ribeiro e
Clair Martins

Era um jantar. O aniversário do equatoriano. Amigo, e ainda por cima melhor amigo, é coisa rara e boa, ainda mais nos dias de hoje. A companheira dele é paraguaia, sem nenhum sotaque, de generosidade infinita. Entre tantos pontos da bússola, o encontro tinha um núcleo central já conhecido de sensações.

Velhos e jovens. Sem meio termo. O vinho abriu a narrativa de vida de três combatentes em duas ditaduras na América. Os jovens provocaram o relato. E nem precisava. As histórias corriam em meio à culinária equatoriana e receitas dos vales e riachos daquele país.

Urbanos. Três ex-guerrilheiros. Ela e ele, advogados, mantiveram-se amigos desde os anos 1960 e não escondiam o carinho extremo um pelo outro. O equatoriano combateu nos anos 1980. Ela foi dirigente, mesmo recém-formada em direito. Nenhum dos três são dos que se engessam na autoproclamação da vida daquele período. Nem tampouco dos que deixaram a juventude morrer numa lembrança conservadora e um olhar de desprezo sobre a geração de Maio de 68.

O equatoriano, artesão e exilado, passou a fazer do país os seus próprios mosaicos. As fronteiras, nessa coisa de existirem e não existirem ao mesmo tempo, não fosse o rastro deixado pelo sotaque.

Os dois advogados conheceram a face mais dura do terror. Ocultaram-se com o decreto do AI-5, indo para o outro lado clandestino da vida. Ela foi para a clandestinidade assim que havia acabado a cerimônia de formatura, ainda com a beca.

A conversa resvalou de uma forma sutil no trauma da tortura. O advogado falou em 80 dias seguidos.

– Um pouco a cada dia.

O equatoriano contou que, no seu país, se uma pessoa aguentasse o tranco da tortura por 48 horas, o procedimento finalizava. Foram quatro meses preso. No país que não faz fronteira com o Brasil, na década de 1980, até Ronald Reagan havia declarado apoio para exterminar os jovens universitários que montaram uma guerrilha tardia no panorama latino-americano, chamada Alfaro Vive Carajo, AVC.

Do cárcere, quando voltou para casa, a mãe o surpreendeu:

– Que bom que você não entregou nenhum companheiro.

– Como é que você sabe?

– Você está me olhando nos olhos.

Naquela encruzilhada de vidas, de idades que se encontravam naquele momento, estávamos ali, sobreviventes e felizes de alguma forma por isso. Mesmo que esses ciclos de repressão e resistência existam numa mesma estrada de idas e vindas, voltas e muitas curvas.

Também houve vários riscos naquela noite. Muitos. A maioria das histórias era de erros. De acertos. De desencontros. A advogada narra que uma bolsa cheia de panfletos arrebentou em plena Rua Quinze de Novembro, em 1969, e tiveram que ser abandonados por ali mesmo.

Ou quando um integrante da organização foi encontrá-la e, por ser advogada e dirigente nacional, ele achou que precisava ir bem trajado, de uma maneira que, indisfarçável, chamava a atenção de todo mundo.

Ela ria muito.

Contaram que pretendem fazer um livro de memórias daquele período e das lutas populares que vieram depois nos anos 1980, de sindicatos e bairros entrando na cena política.

Ao final concluímos, distraidamente: por que não fazer a História desses momentos de dor, mas também desses causos e dessa nossa capacidade de rir na circunstância mais difícil?

Novamente, aquela noite era de certo modo uma saudação à nossa atávica capacidade de viver.

Fevereiro de 2017.

# Manhãs naquele bairro

Eu e minha filha gostamos de empreender pequenas incursões pelo bairro Novo Mundo, na região sul de Curitiba. São viagens de baixa quilometragem, que não rendem nenhuma epopeia e mal cabem dentro de uma crônica.

Esse *On the road* improvisado, de fôlego curto, deve ser feito de bicicleta ou a pé. Às vezes o passeio pode ganhar um tom científico, com o caderno de desenhos levado na mochila, para registrar alguma planta que rompe o asfalto e abre caminho pelos muros – uma experiência que aprendemos vendo uma reportagem sobre um grupo de biólogos de São Paulo que criara a empreitada.

Essas caminhadas despretensiosas, flanando num sábado vago de manhã, nos mostram um pouco do perfil e da psicologia das pessoas que vivem nesse perímetro urbano, marcado por casas térreas, áreas de ocupação que se tornaram vilas, horizonte quase plano e sem prédios, pequenas ruas sem saída. Saímos para registrar na cabeça, sem câmeras na mão, e com milhões de ideias fervilhando, em busca dessas imagens cotidianas.

Das famosas cidades invisíveis do escritor italiano Ítalo Calvino, talvez o desafio seja agora encontrar as pessoas invisíveis que constroem o cotidiano daqui.

Cada casa, se alguém prestar bem atenção, revela sempre a criatividade popular. Pode ser uma planta, um enfeite, um cartaz improvisado avisando que naquela casa também há espaço para um terreiro de umbanda, um jogo de tarô, uma simpatia para amarrar o amor. Ou ainda podemos encontrar uma quase floresta agroecológica cobrindo casas de madeira, mantendo aquele último laço do velho trabalhador urbano com o seu passado e infância rural.

A rua preferida é quando nossa nau desemboca no final da rua Affife Mansur, quando a via se estreita e até desaparece do mapa. Ali descobrimos um vizinho de extremo bom senso. Seu Artur, ex-metalúrgico, pintor e defensor distraído da economia solidária. O jardim da frente de sua casa é repleto de couve, babosas, cebolinhas e outras ervas medicinais que Artur resolveu não guardar para si, declarando em um cartaz, quase um libelo em defesa da coisa pública:

"Seja educado, não leve os pés, tire folha por folha". A mensagem ainda fecha com chave de ouro: "Você vai voltar".

Esse nortenho de Londrina, coração e porta de casa abertos, declina de qualquer rótulo de aposentadoria: "Na fábrica não compensa mais, faço meus servicinhos de pintura aqui na região. Agora, com essas reformas (trabalhista e previdência) sabe lá como vai ficar".

Não importa se parece ficção, porém ainda nessa mesma rua maluca há um terreno inteiro reservado para um cavalo cinzento (a uns 10 km do marco zero da capital) e, na casa em frente a de Artur, uma senhora ucraniana e sua filha nos são eternamente gratas por termos salvo a tartaruga de estimação que certa vez atravessava a rua, em inacreditável rota fuga, depois de ter passado a cerca de arame de uns dois palmos de altura. Por um segundo, cogitamos levar o quelônio com a gente, até descobrir que ele já pertencia à família há uns dez anos pelo menos. No mesmo minuto me lembrei do Brecht do *Círculo de giz caucasiano*: as coisas são de quem bem delas cuida.

Manhã de sábado sem nenhuma nuvem não é coisa habitual em Curitiba. Com isso, saudamos o final de semana que começava, ainda querendo apostar que – talvez – não tenhamos chegado à barbárie anunciada por Drummond em meio à Segunda Guerra Mundial, quando o poeta cantou, saudoso, sobre o passado:

"Havia manhãs naquele tempo!".

Novembro de 2017.

# Distribuição de jornal

Na semana passada, entreguei jornais *Brasil de Fato*, número especial sobre privatizações, na esquina da Pedro Ivo com a Lourenço Pinto, no centro de Curitiba.
– *Brasil de Fato* especial?
– Não.
– Não, obrigado.
– Não, valeu.
– Sim.
– Sim.
– Não.
– Sim.

Vem a onda de gente vinda dos ônibus. Estou falando com trabalhadores, justamente os que mais entravam no debate naquela manhã.
– Gratuito?
– Sim.
– Tem que acabar com essa merda.
– Que merda?
– Essa merda de jornal.
– Bolsonarista, né?
– Com orgulho.
– E o que o Bolsonaro fez de bom pra você até agora?
– É que...

– Uma medida... apenas uma.
– Tem que ter tempo...
– Uma medida, amigo. Me diga um projeto, um benefício para você.
– Estou empregado.
– Doze milhões de desempregados. Cinco milhões já nem saem de casa atrás de emprego. Milhares de pessoas sem carteira. Como assim?
– Depois de tanta corrupção...

O tom engrossa. O clima fica tenso. O sujeito e eu falamos alto na praça. Ele busca reunir uma pequena tropa em busca de público para as suas questões.

– Ele acabou com esse monte de corrupto.
– O governo Bolsonaro não tem corrupção? E o que ele fez em 28 anos como parlamentar? Cadê o Queiroz?

O clima acalma. Onda que passa. Sigo distribuindo. *Brasil de Fato* Especial, todo apoio à greve dos petroleiros, petroquímicos, trabalhadores da Casa da Moeda, Serpro e nossa informação pública, EBC, Correios, o governo Bolsonaro já se livrou de 70 empresas em 2019 e quer se livrar de mais 300 empresas públicas, setores e ativos em 2020.

– Tem que privatizar mesmo.
– E por que isso vai ser bom?
– Recurso que entra.
– Mil trabalhadores demitidos da Fafen do setor de fertilizantes? Já foram mais de 170 mil no sistema Petrobras. País bom é país sem trabalho? Sem medida pra garantir empregos?
– Onde está escrito isso?
– Leia aqui, neste jornal ó, toma.
...
– *Brasil de Fato* Paraná? Edição especial.
– Sim.

– Não.
– Não.
– Sim.
– Sim.
– Sim.
– Sai fora.
– Quero.
– Quero sim.

Pessoas que recebem o jornal devido à bandeira do Brasil, mas logo percebem que o tema é crítico ao governo. O que emociona é quando alguém está parado ao meu lado e pede os seus dois ou três exemplares. "Para os colegas de trabalho".

Outros sequer nos olham. Olho no vidro do celular. Outros recebem em solidariedade a quem entrega debaixo de sol. Guardam distraidamente o material.

Um jornal rasgado voa até mim.

Outros passam e não ficam. Não param para debater. Apenas xingam.

– É jornal do PT!

Uma trabalhadora recebe o jornal com gosto, pisca os olhos, olhar cúmplice.

– É isso mesmo. Não dá mais. Tem toda a razão.

Jornal *Brasil de Fato* Paraná pessoal, direito do trabalhador em primeiro lugar.

Seguimos distribuindo. Os jornais de certa forma esgotam rápido.

Mudar a ordem das coisas é exercício de persistência. Marcar espaço, virar referência. Questionar os que vivem da desinformação e dos gritos.

Nossa honrosa equipe de distribuição faz isso toda a semana.

2019.

# Molduras

No final de semana, quando algumas tarefas da casa ficam acumuladas, e dificilmente são resolvidas, decidi sair do conjunto onde moramos carregando um quadro pintado pelo meu pai. E desmontá-lo.

Os cupins já começavam a se infiltrar na moldura e era preciso me livrar dela. Enquanto eu e Clara, minha filha, desmontávamos os pregos e a película de fita-crepe que agarra a tela ao quadro, com aquele cheiro típico desde que tenho lembrança, me vinha também a memória de como aquele trabalho foi feito. Era a última leva que meu pai fez, com a assinatura de "Pereira 1993", uma obra num tom frio, um azul que remete a Picasso, uma floresta e um riacho quase da mesma cor, um se diluindo no outro.

Meu pai naquela época pintava à noite na despensa de casa ou então quando me levava durante o dia ao parque Barigui, enquanto eu jogava futebol com algum amigo, ele buscava um jacaré que nunca víamos, e preenchia telas e mais telas naquelas tardes quentes, quando as estações de alguma forma eram bem definidas.

A maioria das obras se amontoava em nosso sótão. Às vezes chego a comparar na minha cabeça com os mesmos

700 quadros de Van Gogh amontoados sem conhecimento do público, gritando de cores, de tensões e de vida. Conta-se que uma obra do holandês genial e humano foi encontrada anos mais tarde tapando a entrada de um galinheiro. Uma parte dos trabalhos de meu pai chegou a entrar para o acervo do Museu de Arte Contemporânea de Curitiba, outra ele tentou vender no curto período quando teve estúdio.

Do que me recordo, apenas um trabalho foi vendido naqueles dias. Outros preencheram anos mais tarde as casas onde morei. Que importava a trabalheira para remendar aquela parede esburacada na hora da mudança, quando a imobiliária nunca aceita as cicatrizes, memórias vivas e marcas nas paredes e sempre exige mais uma mão de reboco? São esses rasgos de cores que ficam dentro da gente.

Por coincidência, aquela tela foi a última antes de meu pai abandonar de vez a pintura, retomar a vida oscilante de corretor de imóveis e, mais tarde, acabar tendo êxito com um negócio próprio. Alguns artistas chegam ao limite do desespero. Meu pai, por sua vez, optou pelo caminho prático, objetivo, conseguiu largar tudo e foi se ajeitar na vida.

O mais incompreensível para mim, quando olho para trás, é que naqueles anos nunca fui seu incentivador. Com espírito de criança que prefere arte figurativa, perguntava a ele o que tinham a ver aquelas árvores retorcidas, aquelas araucárias desconexas, aquelas casas com fachada sem fim, aquela perspectiva torta e incrível que Reynaldo fazia questão de implodir, ou então a série de circos de cores girando entre palhaços malucos, sabe lá com quantos pontos de fuga – ainda que num tempo de poucas escolas e revoluções artísticas.

Eu e minha filha deixamos a moldura pendurada numa das árvores lá de fora, depois de rir bastante dos teatros que improvisamos ali dentro. Não olhamos para trás do molde abandonado – dizem que não se pode fazer isso depois de um trabalho de enterro do passado como aquele distraído que tínhamos feito. Olhar para trás. E em poucas horas de fato a moldura já não estava mais lá. Subimos para prosseguir nossa tarde de pinturas.

Eu, ainda figurativista mesmo com o passar dos anos, tentando me ater à precisão do traço, sem grande sucesso. Minha filha, mais parecida com o avô, liberando as tintas em total desordem, borrando as mãos, espirrando o guache para todos os lados, sem qualquer preocupação com a forma. E eu não a recrimino.

Olhei para o lado e compreendi que agora tenho uma segunda chance de valorizar algo enquanto está acontecendo. Já que as molduras têm grande dificuldade em comportar o passado.

Novembro de 2016.

# Crônica de uma tarde livre

Fazia sol como ele nunca tinha reparado. Ou ao menos há muito, muito tempo não prestava atenção naquela atmosfera boa de inverno.

A sala no subsolo onde trabalhava tinha janelas pequenas, distantes do chão e beirando o teto.

Mas aquela luz, no meio da tarde, invadia o ônibus por inteiro e causava calor.

Ele contemplava o pouco trânsito daquela hora, chegou a descer no seu ponto perto do condomínio e provar uma leveza, um gelo na espinha, próprio de um equilibrista que dá um passo no vazio, no trapézio do circo.

Lembranças dispersas até a chegada na esquina de casa, o fraco trânsito de pessoas do bairro, os mais velhos tomando conta de seus jardins, suas hortas, sua sobrevivência. Conhecia este movimento apenas aos domingos. Que dia era? Quinta-feira? Segunda-feira ao sol? A luz na cara dele, cara branca repleta de olheiras.

Os abraços das crianças, filhos de pais como ele, pais noturnos, soturnos, pais tatus o dia inteiro cavoucando debaixo do subsolo, e pisando agora no estranho território da tarde livre.

Bicicletas loucas e soltas, nenhum contato com o noticiário da rádio, agora ele apenas perto de casa e o bar do Jamil no meio do caminho.

Curtiu com os amigos, ganhou uma cerveja na faixa, respirou aquele final de tarde azul até não sobrar no horizonte infinito um único tom de vermelho. Gastou tudo o que tinha na carteira e seus últimos tons de azul.

Respirou mais fundo. Entrando em casa será que alguém perguntaria sobre as demissões lá na fábrica?

Julho de 2017.

# Diante do portão da colônia penal

– Não sei onde fica a colônia penal e nem o lado de Piraquara, chefe, avisou o trabalhador naquele trecho da rodovia com uma obra de recapeamento.
Sol. Azul. Sol de sábado nos caminhos errados pela falta completa de placas, o que causou certa vergonha na pergunta no meio da estrada vazia.
– Não sabe mesmo, amigão?
– Sou daqui não, chefe. Todo mundo aqui é de Minas.
Jandira me questiona ainda no carro. Será que ele era da penitenciária cumprindo serviço obrigatório? Talvez. Mas como não saberia o caminho de volta? Então chegamos finalmente à colônia penal de velhos telhados e fachadas desgastadas, espaços de canis onde o mato tomou conta, cenário de inevitável abandono na entrada para ser comparado com algum seriado dessas plataformas de filmes.
Clichês vêm à mente na forma de realidade e nos assustam. O mundo lá dentro é mesmo o mundo real?
Ismael nos avisa na portaria que estamos atrasados em dez minutos para a visita, não podemos entrar, só deixar os mantimentos depois das quatro da tarde. Ficamos com as sacolas pesadas em punho, no meio do descampado, cães

preguiçosíssimos nos farejam numa estranha forma de saudação, mas rosnam ao gesto do braço, acostumados talvez às ripas e porradas tão habituais neste espaço.

– Mas é a primeira vez que estamos vindo, moço.

– Todo mundo fala que é a primeira vez, moça, – avisa Ismael a Jandira– isso não muda nada – ele completa, inabalável. Sem sair desse estado, de repente o agente deixa de lado a marmita e avisa que vai nos ajudar, sacrifica o seu almoço e faz a triagem das nossas coisas. Ismael aproveita o momento oportuno para nos ensinar suas predições de verdade e retidão:

– Eu busco a verdade, e ele cita a Bíblia no trecho que eu já nem recordo.

Jandira só queria passar as calças limpas para o irmão. Porteiro de uma história de Kafka, Ismael detinha o pequeno poder de nos ferrar ou dar a benção aos nossos embrulhos e caixinhas de achocolatado, mas Ismael era um bom sim, despachou todas as coisas e logo voltou à sua marmita fria, naquela extensão de matos e telhados sobre sonhos empacotados dentro de grades. Ismael não aceita e afasta o saquinho de suco industrializado que restou da triagem, recusa a oferta bem-intencionada de Jandira. Os cães também passam a nos desprezar e se afastam.

Eu e Jandira voltamos ao carro, a fome aperta e no bar da esquina onde o doguinho já estava embranquecido, um senhorzinho de cadeira de rodas, pendurado no tempo e no portão de entrada da colônia penal, definia o conceito de encruzilhada: afinal, o que ele fazia ali parado? Por que não ia embora?

O ônibus da Vila Macedo despeja dezenas de vidas para as visitas da tarde. São roteiros conhecidos no final dessa trilha: agachar sem roupa não sei quantas vezes; conseguir carta de algum lugar oferecendo trabalho para o semiaberto; passar na universidade e não conseguir a inscrição; ler o que indicam e ganhar três dias ao mês de remissão da pena; o bife magro temperado com larvas; conversar sobre os outros presos políticos que estão no complexo penitenciário e ainda recebem algum holofote das notícias; trocar principalmente algum palavrão, quando vai sair dessa merda, dessa bosta, dessa porra desse lugar, tem companheiro de trecho melhor do que um bom palavrão nessas horas? E também dizer e escutar que está tudo bem, tudo bem aqui, tudo bem, tudo bem, tudo bem sim, sempre tudo está bem, é o que sabemos dizer e às vezes a única coisa que as pessoas estão sinceramente dispostas a ouvir.

Céu azul, meninos da vila arrastando raias na terra avermelhada desse lugar nenhum, e a nossa última mirada para trás, para o irmão de Jandira nalgum lugar lá de dentro, sonhando talvez maravilhas vendo aquela raia pálida cortar o azul, de dentro da colônia penal onde ele nos garante, em cartas censuradas, que o sol ainda não deixou de golpear com força. Mas só que de dentro.

De dentro para fora. De dentro para fora o sol golpeando com força.

Abril de 2017.

# E eu toquei de leve naquele ombro

Uma das minhas mãos repousou de leve naquele ombro curvado. Ele havia acabado de deixar o cárcere, onde visitou um amigo, ou será um conhecido? Mas daqueles por quem se tem tanto respeito que se alcança a proximidade. A vida, afinal, é perto. Não pode ser longe. Os ombros dele estavam leves. Os ombros dele estavam duríssimos. A gente podia desabar e aquela estrutura se manteria, embora talvez não resistisse ao peso da mão de uma criança.

O peso de décadas em cada lado, enquanto a face de anjo caído buscava se ajustar aos cliques e perguntas da imprensa que nós tentávamos, inutilmente, ordenar. Recordei-me de Deus falando ao Cristo de José Saramago: "Nem eu posso te dar todas as respostas, e nem você consegue me fazer todas as perguntas". O que indagar para alguém que voltava a uma cela depois de viver por doze anos numa espécie de buraco? Eu não conseguiria questionar coisa alguma, ainda bem que estava apenas na condução daquele momento e também daquele silêncio.

Eu não me recordo, mas acho que fazia sol. Acho que também fazia frio. Era um junho, e a foto hoje não dá a entender direito. A temperatura dele era próxima. Ele nunca vai se recordar de mim. Esse cara do passado. Esse cara do futuro. E eu vou pensar para sempre naqueles poucos metros por onde o acompanhei, do desaforo que escutei quando sugerimos a ele uma mensagem de apoio à luta na Colômbia, o rosto de cansaço e vontade de ir embora, correr para o carro de portas abertas, ou ficar ali com o preso e romper todas as grades. Ele falou pouco. Ele falou tudo. Caiu uma gota de lágrima daquele rosto. "Estou visitando um amigo na prisão que talvez nunca mais veja". O silêncio foi geral. O bem-estar do momento. O mal-estar daquele momento. Esse velho nunca desistiu e hoje é considerado exemplo de como se livrar de tudo o que não presta e se agarrar apenas no coração sujo de barro da vida. Porém, o ombro estava ali, naquele ângulo de inclinação que alguns fantoches e fantasmas da história deixam na gente. Na hora, naqueles poucos metros, naqueles poucos cliques, naquele encontro confuso de dois idiomas e gritos, de esperanças, de desesperanças, eu não pensei em nada daquilo.

Eu confesso que apenas consegui deixar a palma da minha mão levemente recostada naquela superfície frágil, naquela superfície metálica, naquele ombro que viveu tudo que um ser humano é capaz de viver. Naquele toque de leve que às vezes só os bichos são capazes. Naquela concentração de sentimentos antes da primavera a que na infância aprendemos a nomear simplesmente de casulo.

Junho de 2021.

# Eu não a conheci. Eu a conheci

Aquela estrada em Honduras era um traço cortando montanhas e curvas, um rastilho branco que até parecia que navegávamos por um caminho de sal.

Nenhuma poeira na cara e só a brisa do final de tarde embalava um punhado de sonhos naquela caminhonete cheia em que nos equilibrávamos em longas horas de viagem.

O clima bom, os relatos terríveis, o fim de tarde. Naquele trecho a maioria dos que estavam ali tinham uma espécie de bússola mirando o tempo todo na direção do norte, para alguma vida possível nos Estados Unidos. Alguns já haviam tentado. Alguns já haviam tentado e inclusive se conheciam da fronteira. Outros foram deportados e tentariam de novo quando a temporada de migração se abrisse. Falávamos de fronteiras marcando nossas mentes ao mesmo tempo que atravessávamos aquela montanha verde, numa grande angular que nossos olhos ralos talvez nunca mais alcançassem.

Aquele caminho era distante de tudo. Estávamos no mesmo carro. Eles iam para o norte, eu começava a descer para o sul, estradas tortuosas e muita coisa ainda para fazer neste continente, mas já com leve ansiedade de retorno às águas do Atlântico, depois de um período vivendo entre México e América Central.

Uma região onde tudo e todos eram pessoas pequenas. E eram pessoas gigantescas, músicas corroendo toda aquela estrutura que, no fundo, era de silêncio. O mundo mágico presente, mas como se o truque fosse apresentar sempre a realidade nua, dura e crua, o que não se encobria de jeito nenhum.

Aportamos com a caminhonete em Concepción de Intibucá, fronteira entre Honduras e El Salvador, vulcões adormecidos do outro lado da divisa entre os países.

O nome do departamento daquela vez, mesmo numa terra de tantos contrários, era diretamente proporcional ao que trazíamos em movimento dentro do peito: a Esperança.

Em pouco tempo fui recebido pela família de Nahum, seus filhos pequenos, sua liderança comunitária, o trabalho no qual eu poderia ter utilidade, capacitando camponeses para a programação da recém-lançada Rádio Guarajambala, nome que hoje soa e se confunde com a poesia da memória.

Conheci os espaços comunitários, as conquistas da comunidade, as histórias, passando sempre pelo nome de Berta Cáceres, militante e liderança entre os indígenas Lenca, nome de referência do apoio internacional, passando pelo reconhecimento entre a maioria dos camponeses hondurenhos por suas lutas contra megaprojetos de mineração e hidrelétricas a serviço de empresas transnacionais.

Não a conheci pessoalmente no período em que trabalhei em Honduras. Logo depois, segui viagem. Os anos se passaram, Berta continuava uma notícia marcante nas questões ambientais, na resistência contra um golpe de Estado que se instalou em Honduras no ano de 2009, antecipando uma onda agressiva em nosso continente.

Ainda pressinto aquela atmosfera em que seu nome corria por toda aquela região, por montanhas, rios, estradas minúsculas e coloridas. Um nome que galopava por estradas de poeira, mesmo depois do seu brutal assassinato, em 2016, a mando de soldo, para tentarem silenciar as causas que Berta defendia. E que segue, viva ou morta, mas presente, defendendo.

Numa terra que segue tendo fome voraz por justiça, conheci o essencial de Berta, o que é possível ser deixado para o mundo, sua mensagem de luta, em estradas de poeira e comunidades de profundidade incalculável.

Junho de 2021.

# E o nosso legado será a ciência e a arte

> *Fotografar é vermo-nos a nós próprios à escala da história.*
> Barthes, citado no romance *Alexandra Alpha*, de José Cardoso Pires

Na passagem para 2021, reservamos um final de semana para um rápido descanso, na chácara dos avós de minha filha, Clara. A propriedade fica em Mandirituba, região metropolitana de Curitiba, um lugar conhecido como região de faxinalenses e pequenos produtores.

Esse momento, no meio de um período turbulento, sem trégua nem descanso, sempre me remete à preocupação sobre como as crianças vão perceber o que está ocorrendo no Brasil e no mundo, e logo penso sobre qual memória estamos ajudando os jovens a construir. Vivemos um período extremamente difícil, a crise acentuada do atual modelo de produção e concentração de renda, crise potencializada por um governo que não oferece nenhum sentido de futuro que não seja a morte.

Nesses três dias, nós tentamos nos desligar um pouco da vida digital, que marcou o nosso 2020, sobretudo o de minha filha, com aulas *on-line* e o tempo inteiro dentro de casa, sem nenhum contato com o grupo de amigas, a não ser nos jogos virtuais.

Em nenhum momento, porém, estivemos desligados da "experiência com coisas reais", para recordar o saudoso

Belchior: optamos pelo lúdico, pela criação, pela arte, o que esteve ligado à experimentação com as coisas. Fizemos caminhadas na estrada de terra todos os dias criando jogos no caminho, identificando plantas e os animais silvestres da região. Lembrando os versos do poeta espanhol Machado, tão citado e tão correto, que nos recorda sempre que o caminho se faz ao caminhar.

Pelas manhãs, tivemos o contato com a pequena horta ao lado da casa. A propriedade dos avós de minha filha passou por uma reconversão recente. Eles mudaram da vida de "chacreiros" de fim de semana para a produção cotidiana no modelo agroecológico, com certificação, associada a outros produtores locais, o que marcou nossas conversas. A semente crioula, a variedade de cultivos, enfim, questões fundamentais para o futuro. Em um futuro que, esperamos, os produtores associados, os trabalhadores e trabalhadoras, estejam finalmente no poder e na organização de suas próprias vidas.

Em meio à diversidade, boa qualidade de vida no presente, e apontamentos de uma produção associada e viável, também ali estava o exemplo de um modelo necessário no campo, em franca oposição a um agronegócio e monocultivo voltado para exportação, carregada de morte, expansão sobre os territórios e agrotóxicos.

Excluímos da virada de ano a ideia de um refúgio, ou a famosa ideia de fuga, afinal a política está presente em todas as relações do cotidiano. Resolvemos, ao contrário, abraçar a vida, em sua intensidade, perspectivas e combate. Ficamos mastigando o sentido da pequena parcela de terra, trabalhada com dignidade e acesso a mercado, com condições. O potencial de uma reforma agrária represada neste país.

Com as mãos na terra, com os olhos nas características da natureza local, com a curiosidade jovem da arte, ficamos na prática nos contrapondo a um governo de extrema-direita que tem enterrado a vida ao enterrar o conhecimento científico. Que rouba o lúdico da infância a milhares de crianças que ingressam na miséria.

Nesses dias fizemos ciência e arte. E sonhamos com a ciência do povo. Nas mãos do povo.

Janeiro de 2021.

# Futebol à sombra da memória

# Só fiz um gol na vida

Na semana passada, fui buscar a minha filha na escola e comprovei que realmente os traços de cada pessoa são inconfundíveis, mesmo com o passar do tempo. Era Gustavo, que deixava o portão da escola, e eu havia jogado com ele nos idos de 1995, no velho Malutron, coordenado pelos professores Mauro Madureira, Paulo Roberto, Tininho e outros ex-jogadores. Eles tentavam montar uma equipe a partir do financiamento de dois empresários paranaenses, que certamente não sabiam mais onde enfiar tanto dinheiro, e decidiram criar seu próprio clube, por mera diversão.

Olhei de novo. E a memória conseguiu um reconhecimento facial mesmo por trás dos cabelos completamente grisalhos, do tempo que persegue todos nós. Era ele mesmo, ponta-esquerda, posição hoje extinta (mais um indício do tempo), na época canhoto e rápido naquele Janguito Malucelli, apenas um projeto de estádio, um descampado todo esburacado. Gustavo buscava a filha, mais nova que a minha.

Gustavo dos tempos quando disfarçávamos e errávamos as contas dos exercícios abdominais e o professor Paulo Roberto anunciava, profético:

– Futebol agora é setenta por centro parte física e trinta por cento parte técnica. Cêis são tudo uns migué! Cêis tão morto! Vocês acham que estão me enganando? Estão enganando vocês mesmos!

Dos tempos quando uma bola furada ou um passe não matado corretamente significava ter que descer o barranco que levava ao começo da rodovia para buscar a bola de volta. Bons tempos. Agora, como retomar o fio da conversa com ele? Afinal como recordar algo que no fundo é ridículo, mas, ao mesmo tempo, imensamente importante: Gustavo me deu o passe para o único gol em campeonato de toda a minha vida. Na condição de lateral-direito (que nem sempre voltava para marcar, admito) algo não tão catastrófico. Mas, de fato, tenho apenas um único gol no meu currículo. Poderia vendê-lo ou doá-lo para o próximo jogador que quiser se aproximar da marca de mil tentos.

O Malutron naquela época reunia jovens de todas as origens e classes sociais. De um garoto que chegava de Mercedes (na época!), levado por um motorista particular, e estava ali apenas para ocupar a agenda da semana, até Celso, jovem da periferia que depositava toda a esperança e talento em tornar-se um craque. Recordo de uma vez que algum dos Malucelli (não sei se pai, tio ou filho dono do time), gabava-se orgulhoso de que tinha descoberto Celso.

– Esse é o nosso fera, ressaltava o "nosso", enxergando uma futura mercadoria.

Celso era explosivo. Chutava com as duas pernas, fazia fila entre os zagueiros, batia falta com maestria, no tempo quando o futebol brasileiro ainda se impunha pela capacidade de improviso. Ao mesmo tempo, era expulso em quase toda a partida e fico pensando agora no futuro dele e de tanta gente que depositou, nos anos 1990, a esperança no futebol. Onde ele estaria? Esse já poderia ser um bom assunto com Gustavo.

Já o meu gol só podia ter sido torto, sofrido, como o meu próprio futebol. Recebi a bola atravessada da esquerda para a direita, apenas dois zagueiros na área, bati cruzado, quase voltando o passe para Gustavo, do outro lado da área. Para não ter o direito de que o meu primeiro gol fosse incontestavelmente e apenas meu, a bola ainda tocou no zagueiro e entrou.

Alegria, falta de jeito, era assim a sensação de um gol? Dever cumprido. Comemorei em silêncio. Ao menos guardo um único gol comigo para esses momentos que a vida nos lança para a frente e a memória aparece, fio elétrico desencapado. Gustavo e a filha dele passam por mim. Assim como para mim, certamente o futebol acabou sendo algo secundário em sua vida. Deixo ele passar. A inércia curitibana pode ser uma boa justificativa que me impediu de procurá-lo.

Deixar a memória como eu a recrio, também. Talvez. De toda a forma, mantive o silêncio em torno daquele meu único gol.

Fevereiro de 2020.

# O anti-herói da Copa de 94

Quando os 25 anos da conquista do tetracampeonato mundial de futebol foram comemorados, percebi que eu conhecia um personagem brasileiro único que sobreviveu àquele episódio, mas nunca trouxe ao mundo a sua história.

Alguém que passou despercebido e que escapou a toda a imprensa, alguém capaz de fazer algo impensável, até mesmo passível de crítica ou ironia, durante aquela conquista que movimentou todo o país. Mas alguém que não sairia da minha memória e da lembrança dos amigos do bairro.

Aquela conquista de 1994 marcou o imaginário de quem era, como eu, adolescente na época, cheio de aspirações em meio aos tais anos 1990, vazios de projetos e de sonhos. O nome dele era Heitor, dos primeiros amigos que tive em Curitiba. Mas o passar do tempo, a adolescência e o nosso sonho de nos tornarmos jogadores de futebol fizeram com que a vida do Heitor não se encaixasse bem à nossa. Heitor era um inadaptado em nosso bairro.

Heitor não praticava esportes, não ia às nossas festas estadunidenses levando refrigerante como bom menino. O que ele gostava era de se embrenhar no mato do vizinho da chácara ao lado, fazer expedições, aplicar experiências nos animais silvestres que encontrava. Mesmo sem certamente conhecer o personagem de Guimarães Rosa, aquele da *Terceira margem do rio*, era por lá que vivia e se posicionava no mundo.

Heitor não comentou conosco o gol de Bebeto cujo embalo para o filho recém-nascido tentou alimentar o imaginário de um país que tentava justificar seus próprios medos, passada a eleição de 1989 e o Fora Collor logo depois. Uma das publicidades na TV explorava, me lembro bem, cada brasileiro parando na rua e fazendo o mesmo gesto daquele gol incrível de Bebeto.

Tampouco Heitor importou-se com o gol de um redimido Branco que chutou a bola raspando nas costas de Romário, naquela imagem que nos causa arrepio até hoje. Ele certamente não viu a genialidade do malandro Romário, ensinando para a gente que a confiança vale muito nessa vida, bem antes da onda de livros vazios de autoajuda que se impunham desde aquele tempo. Romário pediu para bater o pênalti em plena final da Copa do Mundo!

A primeira final de uma Copa, coisa que meus pais tinham vivido 24 anos antes. O último pênalti de Baggio da Itália voou por cima do travessão, quando nós saímos correndo, junto com os jogadores, para abraçar Taffarel, mas nos dirigimos em êxtase e gritos na direção das ruas do bairro. E logo nos deparamos com Heitor, que já estava sentado no terreno baldio, diante de uma fogueira que havia feito.

Terá ele sido realista de forma precoce? Visionário da falta de magia que o futebol recairia? Um jovem consciente numa época de individualismo e sonhos que levavam a lugar nenhum? Com a nossa presença no terreno, Heitor mantinha aquele ânimo de sempre. Quando nos aproximamos, ele simplesmente dividiu tarefas e pediu para trazermos mais lenha para a fogueira. Sorriso no rosto, ele apenas comentou, irônico, que finalmente aquela chatice de Copa chegava ao fim.

# Penalidades máximas

para Paulo Venturelli

A gente jogava futebol com o que aparecesse na frente: tampinha de garrafa, bola de papel, caixa de achocolatado – que, aliás, era uma das melhores pelotas. A partida acontecia em qualquer lugar do colégio, no corredor, no pátio, na velha quadra suja, até nas escadas. Mas o auge mesmo era quando alguém passava a noite enrolando fita crepe e chegava com uma bola de respeito, antes que ela desfizesse em tiras já nos primeiros chutaços. A questão era sempre a inspetora, nome, à época, ainda pesado. Como enganá-la? Como aproveitar o máximo de tempo até que ela chegasse e tomasse a bola da gente?

Uma manhã, nós a desconcertamos e ela nos desconcertou depois. Quando mais uma vez chegou e tomou a nossa bola, então ensaiamos uma encenação que faria inveja a Neymar, num primeiro exercício histórico de sofrência: por favor, tia, pelo amor de Deus, não tira a bola da gente, não faz isso. Até que a consciência pesou diante do nosso dramalhão e enfim cedeu:

– Tudo bem, vocês podem ficar com a bola.

Respiramos aliviados, aplaudimos, cantamos o nome dela em coro, mas logo veio o decreto:

– Mas só podem cobrar penalidades máximas!

Agradecidos, porém imobilizados naquele momento, cada um de nós ficou ciscando pelo pátio, meio perdido, sem coragem de perguntar: muito obrigado, mas, afinal de contas, o que é uma penalidade máxima?

Junho de 2018.

# Greve do futebol

De repente recebi, via grupo de WhatsApp de amigos de infância, um vídeo com os gols daquela dupla infernal, Oseias e Paulo Rink, num jogo de 1996, entre Atlético Paranaense e Palmeiras. Foi dois a zero para o Furacão e, se bem me lembro, a vitória sobre um time da capital paulista, naquele nível de futebol arrebatador dos dois atacantes, era o início de um processo de autoestima que levaria o clube a despontar nacionalmente.

O estádio da Baixada, daquele ângulo do vídeo, mais parecia um estádio de bairro, com arquibancadas ao lado do gramado e uns poucos andares. A má qualidade do vídeo me fez pensar que, quando eu era criança, estranhava as imagens em preto e branco de programas da juventude dos meus pais, e agora era eu que teria vergonha de mostrar aquela qualidade de vídeo pré-histórica para minha filha. A tarde de garoa gélida curitibana me recordou que fomos ao estádio com capas de chuvas amarelas ridículas que estavam na casa de um amigo.

Foi talvez o jogo que vivenciamos mais de perto e receber aquele VT era uma verdadeira máquina de transporte no tempo. O Furacão vinha com tudo, assim como a juventude e seus sonhos dentro de nós. Eu era apenas um são-paulino, mas deixei o contágio daquele jogo me levar.

Quem não ama o futebol? Distraído e atarefado que sou, há muito tempo não o acompanho regularmente, apenas, quando muito, alguma matéria interessante, algum texto de perfil de jogador ou resultado que inevitavelmente ficamos sabendo.

Mas agora confesso que acompanho menos ainda. Me recuso a saber qualquer resultado que seja. Não, não estou condenando quem, neste período difícil de necessidade de distanciamento social, quer ter a sua catarse e ilusão passageira, debatendo a goleada sobre o Barcelona como se tudo estivesse em uma situação normal.

O retorno ao futebol que, de alguma maneira, coloca atletas e funcionários em exposição, me parece um dos principais símbolos do descaso no momento em que vivemos. Nem sempre tenho palavras para expressar isso, embora a sensação seja inevitável.

As recordações e histórias em torno daquele jogo logo fizeram um dos amigos puxar no grupo de WhatsApp:

– Vamos nos ver, sair pra tomar uma cerveja no Largo.

Não respondi, na verdade.

Nosso grupo de seis amigos de infância incrivelmente sobreviveu a esses cinco anos de combate político sem qualquer rachadura, com respeito sobretudo aos momentos que tivemos e à memória de uma adolescência de futebol e liberdade pelas ruas de São Brás e Santa Felicidade, um certo espírito de bom humor, ironia e liberdade entre nós fez com que conseguíssemos manter um respeito mesmo com experiências de vida e profissões tão diferentes.

Ignorei o convite, embora o Moleira tenha perguntado onde estou morando no momento, se estou casado, pedindo meu endereço. Passei o novo local onde estou neste momento e apenas desconversei:

– Pra depois da pandemia.

– Eu já peguei covid, retrucou o Moleira.

Na sexta-feira à noite, ouço o interfone tocar, vacilo um pouco, penso nas várias possibilidades de interlocutores e a voz do outro lado do aparelho precário era ele mesmo. Moleirão, animado, e com o restante da turma gritando nas ruas lá fora, como fazíamos há vinte anos antes de sair à noite.

– Pedrão, vamos aí tomar uma "bera", cara.

Justificaria o frio? Diria a verdade para eles? Argumentaria o cansaço desses dias ininterruptos de trabalho *on-line* e presencial apenas no que é necessário? Ou falaria do quanto tem me incomodado, nos poucos dias que deixo minha casa para trabalho na periferia, passar pelo Largo da Ordem e ver o desleixo de todos com a situação do país? Devo dizer a eles que começo a desconfiar que não temos um país? Ou perguntaria se ao menos trazem máscaras?

Agosto de 2020.

# Maradona e a arte
# de perceber o outro

Eu morava em San Cristobal de las Casas, no sudeste do México, abrigado de passagem na casa de uma amiga. Depois de muito tempo de estrada, finalmente tinha contato permanente com uma televisão e canais por assinatura. O aparelho brilhava na sala como um animal estranho. Eu estava num daqueles domingos com o corpo e mente pedindo inércia, o olhar baixo atraído pelo sinal da tevê que, hoje sabemos, foi feito pra relaxar soldados tensos. Sem mais, o zap do controle remoto passou por um canal esportivo argentino que entrevistava e contava a história do Gabriel Batistuta, o "Batgol", já em final de carreira naquele ano de 2005.

A surpresa do programa foi que, de repente, a produção convidou e Diego Maradona entra no estúdio, jeito amigo, bonachão, abraça todo mundo, tira sarro de si mesmo e toma parte no debate.

O que mais me impressionou naquele episódio, e vez ou outra me vem à memória, foi o fato de que Maradona em nenhum momento do programa falou de si mesmo, de sua carreira, de seus feitos – o que seria esperado para um gênio reconhecido da bola, símbolo da resistência de um país. Ele ficou analisando a carreira de Batistuta – "Este animal" –, como o chamava. Debateu, riu, valorizou o amigo. Deixou-o até constrangido com os elogios e com o entusiasmo de uma boa roda de conversa. "No, Diego, pará!".

Não sei se o craque sempre teve essa postura. Todos nós, de alguma forma, somos inconstantes, contraditórios, vacilantes. Porém, num mundo rápido onde perceber o outro é uma capacidade que perdemos, quando penso em Maradona, recordo sempre este episódio.

Novembro de 2020

Eu estou aqui dentro

# Meu nome é Paulo

Oi. Dá licença, não, desculpe, não vou precisar pedir nada não, é que eu acabei de me tocar que vai sobrar uns reais aqui, o *doble* ali é doze? Então vai sobrar. Que bom. É vintão por quarto, nesta noite eu estou cansado, quero dormir num quarto, eu sei que é duro vocês me olharem assim, o jeans sujo, eu sempre fui pequeno empresário, não, não, eu entendo, eu entendo, vocês têm consideração, obrigado, obrigado, valeu, eu sei que muitos não gostam da minha barba suja, estou de boa, obrigado amigos pela atenção, eu não vou pedir nada hoje, é duro né, vou ali comprar um *doble*, obrigado amigo, obrigado por dividir esse chopp, hoje está calor né, todo mundo na rua né, todo mundo olhando a gente ainda mais distante agora, nunca fui olhado desse jeito, eu perdi tudo, mas logo vou recuperar, não tem problema, estou calmo, tem que ficar calmo, logo a gente se recupera, ou não? Recupera ou não? Pois é, eu sou empresário, eu sou grande, olha o meu tamanho, hoje eu quero dormir bem, no macio, estou com dor nas coxas de tanto raspar no chão, sabe? Vou pedindo pro pessoal, um dia eu pago o que devo, pode ter certeza, pra cada um. Mas hoje sobrou aqui. Vou pedir lá. Esperem aí, já volto. Meu nome é Paulo.

Setembro de 2020.

# Mipoh

Quem não tem um sonho? Eu reencontrei Daniel Mipoh doze anos depois. Em 2007, ele era um piá na área de ocupação Jardim Alegria, em São José dos Pinhais. Nosso coletivo, chamado Despejo Zero, articulava lutas por moradia, contra despejos forçados, e atuava ao lado da associação de moradores local.

Começamos um curso de comunicação no Jardim Alegria, mas a sede da associação, perto do campinho, foi sendo lentamente apedrejada, tendo os telhados roubados, até lembrar um muro de guerra. Assemelhava-se às obras do colégio estadual, também abandonadas, gerando no povo desilusão com o poder público. Logo transferimos o curso para a casa de uma moradora. Já com um traço incrível, Mipoh foi responsável pelas capas e ilustrações do jornal da vila.

E nos reconhecemos justamente pelos seus traços, quando ele foi convidado para fazer uma arte na Vigília Lula Livre. Ágil, com poucos golpes de *sprays*, Mipoh desenhou o reverendo Martin Luther King, símbolo da resistência pela igualdade entre negros e brancos. Símbolos que resistem no tempo. Sonhos e traços que se mantêm em guarda, vigilantes. Foi o caso de Mipoh.

Julho de 2019.

# João Baruinho

Reencontro um casal de amigos de lutas sociais. Foi só aquele tempinho pra um café morno antes das tarefas do dia. Eles comentam que voltaram a contribuir, depois de anos, com uma pastoral na Vila das Torres, ajudando a comunidade. Lá foi dos primeiros lugares onde me engajei nas lutas sociais. Era uma ONG chamada "Girassol", que dava cursos pra piazada, sem muita organização e sem recursos. Vinte anos depois, a área de ocupação mais próxima do centro de Curitiba segue com problemas. Tráfico. Pobreza hoje acentuada. Porém, de repente um fio de memória me trouxe o João, o João Baruinho, ex-carrinheiro, magro, figura de procedência e amizade. Baruinho soldava carrinhos para os catadores dali. O preço era flutuante: dependia dos recursos do trabalhador. Mas João se tornou famoso de verdade com um helicóptero criado com sucata, em tamanho quase original, surpreendendo quem o via pousado na laje de João.

Ansioso, eu quis saber dele. "Morreu faz tempo. De leptospirose, a doenças dos ratos, sabe?" Pensei no céu. Pensei nos voos que Baruinho queria galgar mais nesse país que cuida cada vez menos dos seus melhores cientistas e inventores.

Maio de 2019.

# Eu não faço o sacrifício

Há noites inteiras gania. Rosana tinha dó de ver o filhote naquela situação. Presente raro do tio que partira no início desse 2020. Os outros sete amigos dele, mais velhos, um pouco menos barulhentos, pareciam com pena do companheiro. Bicho não gosta de dor, não gosta de ver dor nos iguais e nem de prolongá-la.

O veterinário da região, custo alto com ajuda de amigos, logo definiu: "Cinomose. O tique da pata traseira sem controle. Não coloque por favor ele no chão por causa dos outros animais. É um vírus que se espalha muito".

– Teria tratamento? Sim.

– Mesmo?

Mas daí começou uma bateria de sentenças que deixaram Rosana inconsolável:

– Outros sete cães? Esse vírus é altamente contagiante e ataca o sistema nervoso do cão. Tem que ficar de olho.

– Mas todas as casas têm cachorro ali na rua.

– Era só ter dado vacina por 130 reais.

Veio então o choro de Rosana.

– Porra, 130 num ano como esse?

Antes de irmos embora, ainda tentei intervir, afinal o realismo é faca cortante mas necessário nesses dias.
– Doutor, vamos tentar o medicamento, mas, para saber aqui: qual é a chance e a hora de sacrificar?
– Não sei, eu não faço o sacrifício.
– Como assim? Não?
– Me dá pena, não gosto.
– Mas...
– Posso indicar outro local. Mas já aviso que é caro.

Novembro de 2020.

# Eu estou aqui dentro

Sabíamos que ela estaria em casa para receber uma cesta de alimentos. Embora não tenha celular, nem TV, nem telefone fixo neste momento. Nem número e nem caixa de correio, nada.

Os cães da vizinhança se agitam com nossa chegada. Vivem de buscar água no seu bebedouro generoso. Aquele quarteirão é de Silvia, das suas latas e papelões, ela que vaga pelo centro, pelo bairro, e ao final organiza as cores do lixo.

Silvia mora numa garagem alugada, com direito a banheiro, perto da associação de moradores da Vila Formosa. Uma boa pessoa. Corpo alto e frágil, diz que o peso do carrinho de catar papel, com os anos, vergou sua coluna. O pouco de material que ainda é recolhido é guardado numa caixa d'água, bem organizada, onde o papelão passa por quarentena. Adentramos a garagem exibida com orgulho. Ela vive é da memória, recortes de reportagens, tons coloridos iluminando aquela pequena caverna. "Tem essa foto de um jornal japonês!", fotos do carnaval curitibano.

Antes de a gente seguir rumo à próxima casa, abandonando as cores de Silvia, confesso que doeu um pouco no peito o pedido dela:

– Vai demorar para acabar essa pandemia, vocês acham? Eu estou aqui dentro, o dia inteiro. Nunca mais saí desde que começou isso. Eu fico deitada nessa minha caminha. As outras pessoas também estão em casa, não é?

Primeiro de maio de 2020.

# Carlos do bananal

Carlos entrou, de moto e tudo, artista circense equilibrando dois botijões na lateral e topou trazer a moto até a entrada do barraco da nossa amiga.
– Entrar foi fácil. Quero ver pra eu voltar, riu.
– Agora já podemos fazer um café!
Carlos parou a moto, distanciou-se, baixou a máscara prum cigarro, momento de descanso no meio da manhã, o respiro contraditório da fumaça no meio de uma pandemia e da chuva fina de janeiro em nossas roupas.
Madeiras carregadas, movimento de pessoas, naquele cenário que até parecia uma floresta, atravessada pelo grito de aves, tudo isso fez o jovem recordar de onde vinha.
– Já ouvi o Jacu gritando.
– Pássaro engraçado!, brincou a filhinha de Laura, pés no chão, olhos potentes, de brilhos.
As crianças riem.
– Venho do interior, o senhor conhece o vale do Ribeira, dos bananais?
– Não precisa chamar de senhor não, porra.
– Trabalhei lá, na bananeira, mas aquilo não é vida. Sou jovem, resolvi vir para a cidade.

– Muito agrotóxico?

– Vi muito amigo meu se perder por ali, o avião nem avisava quando ia passar. E ficar com roupa de borracha naquele calor não tinha como.

– Esse é o destino da juventude nesse país, nossa amiga entrou na conversa, enquanto trocávamos a mangueira do gás do velho fogão da doação.

– Não tem jeito, não tem oportunidade.

– A gente tinha que produzir tecnologia, não só bananas.

– Aquele mar devora muita gente.

Carlos do bananal se despede, agradecemos a forma como tratou as pessoas da ocupação, sem receios.

Gás instalado. Vibramos que as quatro bocas do novo fogão doado acendiam. Crianças em roda e em fúria de gritos: haveria como esquentar as coisas.

Janeiro de 2021.

# Uma festa pros gringos

# Convoque seu *coach*

Sempre desconfiei do tal do *coaching*. Mesmo admitindo que conheço pouco ou quase nada de seus conceitos, confesso que costumo ficar assustado quando você sacode uma poeira de códigos, nomenclaturas e termos e, ao final, parece não ter muito de realidade ali dentro.

Antes da polêmica da novela "O Outro Lado do Paraíso", na qual uma jovem que sofreu abuso sexual na infância busca uma *coach*, eu vivi um episódio que já havia sacramentado a minha desconfiança com a nova moda. Eu quase que nada não sei. Mas desconfio de muita coisa, diria Riobaldo, personagem de Guimarães Rosa.

O episódio aconteceu durante uma pesquisa na comissão de fábrica de uma montadora de Curitiba. Tenho amizade com um dirigente sindical, que me forneceu dados pra minha pesquisa de conclusão do curso de Economia Política, sobre o tema da jornada de trabalho.

Naquela manhã, eu entrei na salinha da comissão de fábrica. Um lugar agradável, de referência dos trabalhadores, com um toque típico de uma empresa nórdica que proclama sua boa relação entre a patronal e o operariado.

Zeca – assim vou chamar o coordenador da comissão de fábrica – entrou comigo na sala e me apresentou Lucia – não me lembro do nome real dela –, sentada à mesa de leitura, folheando o jornal *Gazeta do Povo*. Ela era a responsável pelos cursos de *coaching* e também pelas visitas orientadas no interior da fábrica.

Não recordo ao certo como, mas o assunto logo caiu na situação dos funcionários mais jovens e já fomos ali medindo nossas visões opostas. Se para mim e para Zeca a empresa recrutava os mais jovens e assim evitava pessoas com experiência sindical, já Lucia via uma forma de a empresa formar o cidadão; se pra nós os benefícios recebidos são frutos da mobilização, para ela o indivíduo conquistava tudo na base do próprio objetivo individual.

Assim fomos esgrimindo nossas diferenças. Se Zeca concordou comigo que havia um excedente de trabalho apropriado pela empresa (um operário de montadora cobre o seu salário na produção em menos de um dia de fábrica), para Lucia quem de fato se arrisca é o empreendedor capitalista, pois pode perder tudo aquilo que juntou e apostou na vida. Um valente.

Lucia então atacou:

– Posso te sugerir algo?

– Sim, pode – estranhei.

– Esse teu ombro.

– Oi?

– O esquerdo. Tenha mais postura e alinhamento, assim desse jeito não passa confiança e atitude.

Zeca só contemplava aquela cena. Eu, da minha parte, venderia a alma se pudesse simplesmente sair correndo da conversa. Um sorriso maroto apareceu no rosto de um integrante mais jovem da comissão, do outro lado da sala, refugiado a salvo atrás da tela do computador.

E Lucia foi implacável comigo:

– E esse seu olhar de peixe morto, carrancudo, também não está legal. Corrija isso, deixe de timidez, olhe nos olhos do Zeca! Quero ver. Aponte um foco com esse teu olhar perdido! Demonstre certezas!

– Lucia, bem... – Zeca se constrangeu.

– É isso, menino, eu já enquadrei esses peões aqui, estou te ajudando a também ter metas. Né mesmo, Zeca?

O operário sorriu, um sorriso murcho, e logo resvalamos no debate sobre a participação nos lucros e resultados. Na montadora, naquele ano glorioso, cada trabalhador do efetivo havia alcançado sonoros 30 mil reais. Florete em punho, Lucia atacou novamente:

– O que os cubanos e os russos nunca conseguiram matando pessoas, aqui a gente, nesse ambiente feliz, divide os lucros entre colaboradores e a empresa – ela concluiu, com ar de quem quer decretar um xeque-mate precipitado.

Foi a deixa. A situação estava insustentável e Zeca derrubou o rei, entregou os pontos e então me puxou:

– Vou te apresentar outro setor da empresa.

– Mais uma coisa.

– Fala, Lucia....

– Aperte a mão com firmeza. Respiração. Pulso firme!

Deixamos a sala. Zeca andava a passos rápidos, com um silêncio carregado de ansiedade, mas logo eu percebi que, em poucos segundos, ele se explicaria:

– Eles falam bastante, o tempo todo.

– Pois é.

– Apontam alguns objetivos e tudo.

– Pois é.

– É. Nós na comissão e a peãozada ouvimos alguma coisa, mas a maior parte vai direto para o descarte!

Fevereiro de 2018.

# Uma festa pros gringos

Há algum tempo, resolvi conferir nas redes sociais por onde andava um grupo de amigos da infância. Na linguagem de hoje, o chamado *stalkear*, impulsionado por algum sentimento de nostalgia ou algo assim. Era uma família grande, de vários irmãos, que vivia ao lado de casa, num conjunto de classe média, no bairro do São Brás, em Curitiba.

Fiquei assustado. Com certo sentimento entre o trágico e a vergonha alheia. De alguma maneira, não apenas pelo fato de eu ter verificado que eles participaram dos atos pelo golpe de 2016 contra Dilma – com o semblante feliz de quem era inocente útil de mais uma revolução colorida.

Porém, o que mais chamou a atenção foram as fotos de uma festa organizada em homenagem aos Estados Unidos. Eu não podia acreditar. Era isso mesmo, a sequência de fotos confirmava. Amigas de infância, primos conhecidos de amigos, todos estavam ali sorridentes. Pasmem, vestidos de Capitão América, de Mulher Maravilha, de azul, vermelho e branco. Antes mesmo do bolsonarismo chegar ao governo, divertiam-se numa festa com exaltação à bandeira estadunidense e, claro, com pilhas de hambúrgueres servidos aos presentes convidados.

Não tenho nada contra apreciar algum aspecto da cultura estadunidense (americanos somos todos nós, lembremos sempre). Polo mais avançado do capitalismo mundial, inevitável também ter produzido coisas importantes no campo cultural, no entanto, é fato, também produziu guerras e invasões no norte da África, América Latina e Oriente Médio.

Admito, eu mesmo amo Bob Dylan, *rock*, *jazz* e *blues*, minha poeta preferida é uma estadunidense do século XVIII, Emily Dickinson, e acho a prosa do século XX insuperável, com Hemingway, Richard Wright, Steinbeck, Philip Roth, Paul Auster, Kerouac, Marianne Moore, Faulkner, Salinger, entre tantos outros grandes autores.

Mas o que a família de meus antigos vizinhos cultuava na verdade era uma ideia inexistente e impossível sobre aquele país. E era também uma espécie de ideia-força para justificar seu desprezo ao nosso próprio território e à nossa gente. Não é difícil imaginar os diálogos que deram vida para aquela festança: nos EUA não há corrupção, o Brasil não dá certo, nos EUA não há Estado nem impostos, lá se defende a democracia e a liberdade, e essa série de clichês que aprendemos desde crianças, impulsionados pela elite nacional e com grande consumo por outras classes sociais.

Na década de 1990, quando nos criamos, esse discurso era fortíssimo. E é justamente o que, de forma trágica e cômica, a presidência, seus filhos e Olavo de Carvalho tentam reavivar. Uma política e concepção de país subalterna, importadora e sem indústria nacional, sem tecnologia própria, no sonho de que toda a América fosse de fato uma Cuba, cassino dos EUA nos anos anteriores a 1959.

Mas é ao menos um discurso que sofre rachaduras e infiltrações agora, no olhar assustado dos *yuppies* Moro e Deltan, que justificaram a operação Lava Jato com muitas dessas premissas e agora mostram o quanto foram hipócritas. A mais recente denúncia revela justamente a corrupção e o projeto de lucro pessoal detrás de Deltan e Moro.

    Na próxima denúncia do *The Intercept*, só falta agora descobrirmos que a dupla dinâmica da perseguição política, assim como meus vizinhos, estava dançando em alguma festa em homenagem aos gringos.

Julho de 2019.

# Europa, entre céus e infernos

Pisar pela primeira vez no velho continente, com quase 40 anos de idade, empreendendo um mochilão por França, Catalunha e Portugal me traz, sem dúvida, uma mistura de sentimentos contraditórios, que vão da beleza até um certo susto.

Significa estar em contato com o que há de alto nível na cultura, na arquitetura, no urbanismo, na tecnologia, nos meios de transporte, na conservação da memória, mas consciente também de que a opulência foi erguida às custas dos recursos naturais e dos braços dos países da África, Ásia e América Latina.

Por contradição e ironia da História, hoje milhares de pessoas vindas dos continentes que deram base para esta civilização agora são migrantes, rostos africanos, latinos e árabes buscando espaço no mundo do preconceito, dos subempregos, dos guichês, da entrada dos banheiros, da entrega de panfletos, dos balcões de atendimento. Vi, nesses dias, um dado de que 39 mil pessoas em 2019 atravessaram o Mediterrâneo.

Cada rua, cada pedra, cada monumento e memória, cada local de desfrute, que todos merecemos ter, martelam na cabeça: como podem conviver o mais alto trabalho cultural lado a lado com a opressão invisibilizada, tão latente agora?

A Europa foi devastada em 1918 por uma guerra geral. Hoje, não tem como encobrir as intervenções cirúrgicas que ocorrem na Síria, na Líbia, Afeganistão, Iraque, Venezuela, Honduras, Bolívia. Seu atestado são pessoas que caminham e sobrevivem por essas ruas. E o mais importante de uma viagem é o conhecimento das pessoas.

Aqui estamos na terra de referências fortíssimas. Na cultura, como não amar a experiência universal e mágica de Dalí, Picasso, dos textos de Balzac, Baudelaire, Marguerite Duras, Marguerite Yourcenar, Rimbaud, Le Clézio, Durrell.

Estamos em países que consolidaram alguns direitos democráticos e nacionais – sempre, é certo, como um patamar por um fio com o avanço da extrema-direita e diante das políticas neoliberais. Pensamos em tudo isso flanando pelas ruas ou vagando por trens enquanto a malha ferroviária brasileira – fundamental para o meio ambiente! – foi totalmente privatizada e o transporte de passageiros abandonado.

Nada vem do nada, já dizia o dramaturgo Brecht. Exige-se resistência. Por aqui, conhecemos uma livraria, perto da Sorbonne, especializada em autores negras e negros. Vimos os funcionários públicos da cultura paralisar o principal museu do mundo, o Louvre, contra a reforma da previdência do presidente Macron. Na França, apesar da baixa sindicalização, trabalhadores ultrapassam os 50 dias de greve marcante.

Estamos em lugares que nos recordam que, sob o domínio do Capital, o velho mundo viveu a expansão, o auge e o declínio em forma de guerras e lutas de classe.

Assim foram as jornadas de luta por democracia, com impacto mundial e no continente, em 1848; depois a resistência e o esmagamento da Comuna de Paris, em 1870, e olha que Marx já visualizava a crise econômica em 1866. Depois a destruição, a expansão colonial da Primeira Guerra Mundial; depois a luta de classes refletida na Segunda Guerra Mundial, na tentativa de esmagar a URSS. É como se a velha frase de Rosa Luxemburgo ecoasse em cada cartaz desse continente com a advertência: "Socialismo ou barbárie".

Estamos em lugares em que comunistas tiveram presença fundamental no combate contra o nazismo e fascismo. Seus nomes ecoam em esquinas e tumbas. Estão vivos!

Não podemos ter o complexo de vira-latas da classe média e elite brasileiras, achando que estamos em um território superior. Ao contrário. Temos nossa cultura brasileira, sabemos absorver e deglutir o melhor da cultura dos países centrais, como fez o modernista Oswald de Andrade quando voltou de Paris.

O ex-ministro da cultura do governo Bolsonaro, em referência ao nazismo, falou de uma arte nacional, mas se referia a algo moralista, longe da realidade do trabalhador e do povo latino-americano. Ignora que a arte é uma síntese das influências universais com a vida pulsante local. Bolsonaro não reflete nem a necessidade concreta das trabalhadoras e trabalhadores, e ainda despreza a pluralidade de outros povos.

Repudiar a experiência da extrema-direita é, no mínimo, um aprendizado nosso com o chamado velho mundo.

Na estação Stalingrado, de Paris, lembramos que a extrema-direita foi e deve ser sempre derrotada.

A próxima estação que se anuncia no Brasil e no mundo é um tanto incerta.

Barcelona (Espanha)<br>janeiro de 2020.

# De quando conheci Mariátegui pessoalmente

O ano era um distante 2005. Chegávamos à cidade de Ollantaytambo, na metade do caminho para a histórica Machu Pichu, no Peru. Estávamos na realidade voltando depois de uma visita à cidade perdida. O trem que levaria de volta a Cuzco ainda tardaria uma manhã inteira. Eu e minha amiga e companheira de viagem por Nuestra America, Mariana Sanchez, achamos que naquele intervalo de tempo valia a pena caminhar pelas vielas da minúscula cidade, caminhos estreitos, em que cada rua parecia disputar ombro a ombro com o sistema de águas herdado da época do império Inca, onde os canais de águas corriam velozes pelo chão.

As casas carregavam na sua fachada o peso dos anos, pareciam o símbolo da invasão espanhola – representada na arquitetura, porém erguida sobre a base das antigas casas de pedra incaicas. A cidade era um jogo de brinquedo, um labirinto, compacto e quadrado, por onde nos perdemos, enquanto dali era ainda possível ver mais ruínas históricas no horizonte. Estávamos cansados, pés desgastados, há pouco mais de quatro meses na estrada, caminhando e fazendo amigos naquelas terras.

Havia perdido Mariana de vista, cada um seguindo o seu caminho e refletindo em silêncio enquanto se perdia pelo labirinto sem tempo. De repente, ela apareceu de dentro de um velho portão e me chamou. Havia sido convidada por Ronald Castillo, educador peruano, a conhecer o seu universo, a recriação da cozinha dos avós, a criação de cuys para abate, uma espécie de pequeno roedor também do período incaico, as tradições e pensamentos que se mantêm acesas em volta da fogueira no chão.

Castillo nos recebeu, atencioso, e falava de uma tradição comunitária que não estava perdida, que sobrevivia, nessa longa extensão desenhada pela cadeia de montanha dos Andes. Ele nos ofereceu um livro de ensaios do qual havia participado com um artigo, uma edição bilíngue em espanhol e quechua, e a obra inteira abordava a defesa de uma comunalidade que podia ser resumida naquela cozinha aconchegante, onde estávamos sentados no chão de terra ouvindo aquele ancião.

– O problema do indígena é o problema do acesso à terra.

Já havia escutado aquela frase antes, fiquei revirando a memória até me recordar que foi no filme de Walter Salles, *Diários de motocicleta*, no momento quando Che Guevara e Alberto Granado travavam contato com aquele país e com a tradição marcante do pensamento de Mariátegui, o jornalista, marxista, dirigente político, falecido aos 36 anos, mas que deixou a obra de peso *Sete ensaios de interpretação da realidade peruana*.

Nossa conversa passava do impacto da pobreza e da ausência de direitos para a população peruana, o governo Fujimori, que flertou com a ditadura, a perseguição contra as comunidades camponesas e a guerrilha de nome potente, chamada Sendero Luminoso, da região de Ayacucho, quando

Ronald nos ofereceu o milho dos mais saborosos que comemos na vida.

– Precisam conhecer Mariátegui e Cesar Vallejo. É fundamental para entender o nosso país, indicava Ronald. Vallejo, poeta e romancista incrível na forma e no conteúdo, autor de *Paco Yunque*, *Poemas Humanos*, obras marcantes de nossa América e também dos horrores da guerra civil espanhola.

Curiosamente, esses dois autores olharam seu continente à distância para ter uma dimensão melhor sobre o que constituía de genuíno de seu povo. Mariátegui teve uma experiência de formação na Europa, onde Vallejo viveu uma espécie de exílio.

A literatura histórica andina, na Bolívia e no Peru, é marcada pela narrativa da exploração dos trabalhadores mineiros. Essa visão está explícita no romance *Tungstênio*, de Vallejo. Esta e *Los Socavones de Angustia*, do boliviano Fernando Ramirez Velarde, são obras que retratam a exploração histórica da mineração e organização dos trabalhadores nos países andinos. O retrato do impacto da dependência sobre os trabalhadores. Folheando agora novamente o trabalho de Mariátegui, me deparo com uma frase exemplar para o momento que vivemos no Brasil e no continente: "A política liberal do *laissez-faire*, que tão pobres frutos deu no Peru, deve ser definitivamente substituída por uma política social de nacionalização das grandes fontes de riqueza", do capítulo "A comunidade e o latifúndio", de *Sete ensaios*.

Na casa do educador popular peruano, ficamos impactados e fico sobretudo agora com a impressão forte sobre como um pensador, intelectual e militante, falecido no ano de 1930, deixou sua marca e seu pensamento presentes na casa de um educador vivendo na profundidade de um país, cultivando seus valores originários ao mesmo tempo que buscava entender as questões atuais do Peru e da América Latina. Numa mescla da necessidade do socialismo, inserido e potencializado no processo e na cultura comunitária do povo peruano. Estaria aí uma pista para o famoso "sentipensador" de que nos relatava Eduardo Galeano?

Deixamos Ronald de encontro ao horário combinado e exato do trem, como um barco que se afasta a contragosto de um porto seguro. Eu e Mariana conversamos pouco sobre isso, mas convivemos por muitos anos talvez em silêncio com essa memória marcante daquele educador popular indígena. Originário e original. Ao ter entrado um pouco mais em contato com os trabalhos de Mariátegui, percebi o quanto ele estava ali, no chão de terra de Ronald, presente. Pulsante.

# Portugal, Revolução dos Cravos e os enigmas de hoje

A essência de uma viagem é conhecer as pessoas, sua relação com a cidade, com a língua, como sentem a política em seu país, como veem o mundo.

Monumentos, marcos, placas, datas, e mesmo museus e obras, são secundários diante disso.

Gosto de examinar, em meio ao café da manhã, quais pistas as notícias e as tintas do jornal podem me dar para, com o olhar aguçado de estrangeiro, perceber algo sobre a mentalidade e o imaginário de um povo.

Ou então perceber o que uma conversa simples pode fornecer de indícios para esse detetive viajante, reconhecendo que qualquer visão sobre um país é sempre limitada.

Numa manhã, nos encostamos no balcão de uma padaria em Lisboa, pedindo licença a dois senhores portugueses, que já haviam pedido seu café, mais barato que noutros países. O jornal impresso estava aberto sobre o balcão. Eles conversavam entre si e aquela prosa aberta e em tom alto certamente era para provocar a participação de quem estava por perto.

O mais velho recebeu a segunda xícara de café de uma trabalhadora brasileira. Eram três funcionárias, todas elas de diferentes partes do nosso país. Um sotaque e um olhar cúmplice conosco, algum elemento comum enquanto ouvíamos a discussão no café.

O senhor mais velho lamentava a posição vacilante da direção do Partido Comunista Português durante a Revolução dos Cravos de 1974 e antes do golpe conservador de novembro de 1975. Na verdade, amargo e ao mesmo tempo terno, ele parecia um personagem do escritor português Lobo Antunes. Já o seu amigo tinha uma narrativa com nuance diferente. Criticava Mário Soares pelo fim da revolução e início da contrarrevolução. Batia nos "socialistas", carregando nas aspas, que vieram a governar o país décadas mais tarde, e na época dos Cravos fizeram de tudo para esvaziar o papel dos comunistas e dos trabalhadores no governo provisório e no Estado em fase de transição.

– Esse Mário Soares admitiu no fim da vida que fez reuniões com a CIA!, gritou o senhor.

– E os cretinos diziam que nós comunistas víamos conspiração em tudo!

A Revolução dos Cravos foi um movimento que conseguiu, ao mesmo tempo, reunir a revolta do povo contra os 40 anos da ditadura fascista de Salazar, que sobreviveu à Segunda Guerra Mundial, matando, exilando, torturando e prendendo. Reuniu também a insatisfação dos jovens capitães do Exército cansados de matar injustamente e se ferir, combatendo os legítimos movimentos de libertação nacional em países explorados – caso de Guiné Bissau, Angola, Moçambique, Timor Leste, na África. Os gastos do governo com a guerra alcançavam 40% do orçamento nacional em 1973. Uma situação insustentável que explodiu no dia 25 de abril de 1974, marcada até hoje na memória do país.

A revolução conseguiu com a direção do Movimento das Forças Armadas (MFA) politizar, em velocidade im-

pressionante, soldados e também trabalhadores no geral, apontando um programa que teve como rumo a transição socialista – barrada com o golpe conservador de 25 de novembro de 1975.
– Apesar de tudo avançamos depois de 74.
– Houve ganho de direitos, continuou o outro amigo, um pouco mais novo. Portugal era a imagem da pobreza.
– Sim. Houve o fim das guerras e do fascismo.
– Só que o fascismo ainda está entre nós, vivo, meu amigo.
– Mas nesta terra e neste porto aqui menos que na França.
– Mas Portugal ainda tem alguns soldados no Iraque e em Mali na África – arrisco o comentário, recebido com um aceno simpático pelos dois.
– Sim. Somos dependentes e exploradores ao mesmo tempo. Desde muito tempo, Portugal é assim – completou o mais velho, numa conversa aberta ao contraditório.
Um terceiro amigo havia se somado a nós. Um certo ar carrancudo, incomodado com nossa participação na prosa.
– Salazar era um problema. Mas e agora, com essa migração toda, da África, América, que vão fazer os socialistas? – disse o recém-chegado na conversa, olhando duro para nós, eu e Tamires, dois mochileiros numa Europa em meio a greves na França e 75 anos do fim de Auschwitz.
Os dois amigos não ficaram com pudor, pareciam habituados ao debate divergente. Nós só toleramos até o momento quando escutamos do mesmo senhor ranzinza:
– E os brasileiros, principalmente, estão estragando Porto e Lisboa. Ninguém gosta deles aqui.
– De todos nós nesta padaria o senhor quer dizer, eu o corrijo.
– Isso não é verdade – apressou-se o mais velho, João, que depois descobri ter combatido contra a vontade em Angola.

Quando ele viu o nosso incômodo e o das trabalhadoras brasileiras, tentou se posicionar, a exemplo da maioria por aqui:

– São novas contradições que surgem, e essa migração de jovens brasileiros pra cá pode trazer-nos algo novo a Portugal.

– Algo novo só se for mais problemas, violência, tudo o que o país deles tem de ruim – disse o ranzinza. Mas não me refiro a estes dois turistas aqui, claro, até lhes pago um pastel de nata.

Recolhi o ombro, desviando do abraço do xenófobo. Ficamos impactados, como quem leva um soco. Nos decepcionamos com a atitude daquele senhor em um ambiente de debate com pessoas progressistas. No olhar das trabalhadoras brasileiras essa situação já era de costume.

– É, amigos, uma revolução não pode mesmo nunca ficar pela metade – nosso amigo João ainda comentou para encerrar o papo.

Somos internacionalistas, mas amamos nosso país e sobretudo nossa gente brasileira e latino-americana. Saímos às ruas de Lisboa um pouco aos tropeços, entre a beleza da viagem em choque com a dureza de tensões que se somam no mundo de hoje.

Mesmo no momento em que o governo Bolsonaro nos desanima com nosso futuro, a verdade é que atravessamos essas esquinas históricas com mais vontade ainda de estar ao lado da nossa gente, que sofre, aqui e lá, todos os dias desrespeitos como esses.

# Mande alguém à Guatemala

Sempre que ouço, nas redes sociais e no senso comum, a lista de que os piores roteiros do mundo estão em Cuba ou em uma distante Coreia do Norte, eu penso na Guatemala.

Ou mesmo quando eu escuto pela milésima vez aquela resposta de todo apoiador de Bolsonaro, no módulo automático, gritando: "Aqui não é a Venezuela", eu volto a recordar a Guatemala e a América Central.

Poderia pensar também na situação do norte da África ou no Oriente Médio e na consequência das ações da Otan para os países desses continentes. Mas o pequeno exercício que eu queria propor é o seguinte: se, em vez de uma pessoa ser mandada para ir à Cuba, ela fosse mandada para a Guatemala, isso significa conhecer um país que experimentou seu período democrático somente entre os anos de 1944 e 1954, entre os governos Arévalo e Arbenz, que iniciaram um processo de democratização da terra, em um país onde 80% do povo detém apenas 10% das terras – como aprendemos com o relato jornalístico do repórter Leonardo Severo, com o nome de *A CIA contra a Guatemala* (Papiro Produções, 2015, com fotos de Joka Madruga).

Mas logo, em 1954, o país experimentou um golpe de Estado e o bombardeio com participação dos EUA, para garantir o direito e a superexploração das empresas transnacionais bananeiras, conhecidas como "Octopus", a Standard Fruit e a United Fruit, nomeadas na região também como "prisão verde", companhias que operam até hoje, com outro nome e outra fachada.

Neste continente, temos mais uma vez a comprovação de que as elites latino-americanas são intolerantes contra qualquer mudança minimamente feita em benefício do povo.

Mandar alguém ir à Guatemala pode ajudá-lo a descobrir que os EUA não teve operativos apenas no Vietnã. Mas também atuou na guerra civil que deixou no pequeno país da América Central um número brutal de 250 a 400 mil mortos, de 1960 até 1996. Eu estive lá em 2005 e pude perceber o clima da desilusão e dor presente no dia a dia dos guatemaltecos, apesar de suas formas de organização e resistência se manterem.

Se o Vietnã foi considerado um fracasso, a Guatemala foi um êxito para o governo estadunidense. Logo depois, nos anos 1980 como política de fachada, o Estado de Israel assumiu o fornecimento de armas para o exército oficial guatemalteco.

Na Guatemala, é enorme a impunidade e a cumplicidade com o genocídio da população camponesa, trabalhadora e indígena. O governo Efraín Ríos Montt, na década de 1980 era convidado especial da Casa Branca e do presidente estadunidense Ronald Reagan. Condenado apenas em 2013, ele promoveu a queima e destruição de 444 aldeias, em um país de franca maioria indígena, com a desculpa de cortar o apoio aos guerrilheiros.

Se o grande problema da humanidade está em uma democracia como a Venezuela, que realizou mais de 20 pleitos e plebiscitos em duas décadas, que diremos da pobre Guatemala, marcada por assassinatos de lideranças sindicais, uma taxa de sindicalização de 1,5% no setor privado, 3,5% no serviço público, 1,6 milhão de imigrantes vivendo noutros países.

Enviar alguém à Guatemala é uma boa lição para os que não querem países com sua própria indústria, produção e fé na capacidade produtiva de seu próprio povo. Sem cadeias nacionais fortes, a Guatemala se equilibra entre as remessas de dólares e a superexploração das empresas exportadoras para exportação.

Leonardo Severo mostrou em seu livro que o país é o sexto do mundo em desnutrição crônica e aguda, utiliza 20% do PIB em trabalho infantil e 60% da população não recebe os nutrientes necessários. Em um artigo no final do livro, em comparação com a Bolívia, país onde a maioria da população também é indígena, o autor escancara o que é a escolha por um caminho soberano: "Na Bolívia, o Estado destina para investimento público cerca de 28% do PIB. Enquanto na Guatemala o presidente ganha um salário mensal de US$ 18.311 e o Estado destina ao investimento público um pouco mais de 3% de seu PIB".

Que tal, agora, um final de semana na Guatemala?

Setembro de 2019.

# Carta a José Saramago

Caro velho comunista,
Pressinto que o mundo nunca foi tão fiel ao retrato que você fazia dele. Uma mistura bizarra da ficção e alegorias dos seus romances com a lucidez e secura das suas análises mais pessimistas.

Nos anos 2000, você era uma referência solitária de escritor e prêmio Nobel conhecido, dizendo que não havia saída para o capitalismo, com a autoridade de ser um dos principais autores vivos daquele momento.

Você recolocou Portugal na rota dos grandes autores. Mas, principalmente, reposicionou o papel do intelectual e escritor se colocando sobre a política, mantendo a obra com alto grau de estética e linguagem, mas sem se agarrar de forma cômoda no alto de um muro de marfim.

Falar em morte ou datas é estranho contigo. Como eu disse, *Ensaio sobre a cegueira* nunca foi tão atual, a razão cega é insuficiente e pode prejudicar a espécie humana. Em *O evangelho segundo Jesus Cristo* conhecemos um Jesus profundo e angustiado com o destino da humanidade; em *Todos os nomes* novamente como não pensar em você, na medida em que se acumulam números de mortos e infectados sob olhar frio de alguns governantes; e o Cipriano Algor de *A Caverna*, trabalhador oleiro sem lugar no mundo de hoje, que me faz recordar os trabalhadores precarizados, uberizados e sem condições, lançados à própria sorte neste momento.

No lançamento do livro *A caverna*, um diálogo com a obra de Platão, numa conferência em Curitiba, há exatos 20 anos, você começou a fala de forma direta: "Nasci em um mundo injusto e certamente vou morrer em um mundo injusto". Ainda assim, na idade de um Mujica ou de Papa Francisco, preocupado com a essência de uma política transformadora, alheio a formalidades, você lançou uma mensagem de ânimo para aquela juventude, naquele centro de conferências, sem ideia do que o neoliberalismo ainda seria capaz de fazer com a humanidade: "Se quiserem mudar as coisas e saírem às ruas e pegar em armas, contem comigo". E disse ainda, eu nunca esqueço, em noites de varanda e solidão: "Quanto mais velho, mais livre, e quanto mais livre, mais radical".

Ainda tive, José, contato indireto contigo em duas situações que me marcaram muito. A primeira delas conhecendo amigos seus que atuavam em Chiapas, no sul do México, amigos das Ilhas Canárias, educadores populares com quem tive o prazer de compartilhar vivências.

A segunda vez, recentemente, quando Pilar del Rio, jornalista, escritora e sua companheira de vida esteve conosco na Vigília Lula Livre. A mensagem é a mesma: preocupação universal, amor aos humildes, participação ativa e uso da razão para mudar o que tem de ser mudado.

Há algo, caro José, que atravessa o seu trabalho, no qual o tempo todo você insiste em colocar o humano e a criação material no centro da História, como se pudéssemos coletivamente ainda ser donos de nossas escolhas e destino – mesmo que neste momento possamos parecer incapazes ou inúteis. Nesse momento duro da crise econômica, política e humanitária, encontro essa mensagem no livro *Memorial do convento*, lido nesses dias de distanciamento social: "[...] e também estes navios que vês no rio, houve um tempo em que não tiveram velas, e outro tempo foi o da invenção dos remos, outro o do leme, e, assim como o homem, bicho da terra, se faz marinheiro por necessidade, por necessidade se fará voador...".

Abril de 2020.

# Narrativas

# Crônica de um ato em Curitiba

Noite de véspera de um feriado gelado.
Uma a uma, pessoas se aproximam da batucada e do megafone.
Parecia, de início, que ninguém compareceria, apesar das confirmações no evento. Estudantes e velhos formaram uma roda. Ficavam um pouco em silêncio e logo alguém se encorajava a dizer algumas palavras no megafone.
Os mais velhos falavam do período da ditadura. Que a luta agora não podia esmorecer. Que a importância de defender a cultura e a arte, uma pauta um tanto sumida de cena nos últimos anos.
Jovens que entram na luta, indignados e se sentem à vontade neste momento para protestar contra um governo caricato. Porto Alegre e São Paulo reuniram centenas poucos dias antes. Belo Horizonte e Brasília também.
A marcha em Curitiba deu a largada, com gritos maiores que a pequena caixa de som, ganhando um corpo que não parecia ter ainda na praça.
Atravessou a Osório na direção da rua Comendador Araújo. Passou em frente ao Hard Rock Café, bares e tabacarias onde velhos e jovens velhos vestiam suéteres e fumavam charutos tranquilos. Muitos assistiam impassíveis àquela batucada. Não reagiam, mesmo nas terras da Lava Jato.

A marcha já reunia umas 200 pessoas e seguia rumo ao diretório do PMDB para fazer o escracho. Na descida da rua Coronel Dulcídio, alguns poucos ovos se chocavam contra o asfalto, vindos do alto dos prédios.

A juventude então encarava, não se dava por vencida, ia para baixo das marquises dos prédios, exibia cartazes com as carinhas do Temer, Jucá e do Cunha.

– Abaixo, golpista, capacho imperialista!

Lá em cima, indiferença. Nalgumas janelas, tremulava uma ou outra bandeira vermelha, tentando mostrar ânimo. Em frente ao diretório pmdbista, orações do Pai Nosso adaptadas para o governo:

– Temer que estás no governo e não seja por muito tempo.

O boneco do Cunha queimado, jograis e grafites no prédio.

A juventude exorcizando uma política que não pode ser a sua, que deve ser de outra forma. Afinal, a mulher, o negro, o índio, o jovem, a terceirizada, o operário, o artista seguem do lado de fora do congresso nacional.

A batucada do Levante não se cansava:

"Michel Temer
Decorativo e golpista
Armou o golpe, escondido e na surdina
É assim que tá o Brasil
Veja a situação
Temer tá rasgando a nossa Constituição".

O retorno foi unificado – até para evitar qualquer possível problema – pela avenida Vicente Machado, numa estranha procissão que foi silenciando bar a bar. Pequeno ou não. No frio ou não. A sensação de que para todos ali ainda era só o começo.

Junho de 2016.

# Nosso espetáculo – crônicas do Circo da Democracia

Nosso espetáculo não é o da morte.
Nosso espetáculo não é o que se apresenta diariamente no mercado.
Nosso espetáculo não é feito para ser descartado como notícia.
Nosso espetáculo não é o da pequena política de ocasião.
Nosso espetáculo não é o da mídia onde o índio e a operária terceirizada nunca se enxergaram.
Nosso espetáculo é o da vida.
Nosso espetáculo é o da luta popular,
E não da camiseta vazia.
Nosso espetáculo é o da democracia.
Mas como falar nela, se o trabalhador é perseguido quando se sindicaliza?
Onde está o negro no congresso, o índio, as mulheres, os jovens, os trabalhadores?
Nosso espetáculo é o da Democracia,
mas quando o estudante ocupa sua própria escola, a transexual reivindica uma outra identidade, e são impedidos
Onde a democracia fica?
Nosso espetáculo não é encenado, tem algo de improviso, de grito.
É por espaço no palco
É por mais pão, mais circo, mais poesia.

Agosto de 2016.

# Os dias de ocupação

Chego ao Colégio Estadual Pedro Macedo para uma oficina no domingo, às 17 horas. Em um raro, talvez o primeiro, dia de calor nessa primavera curitibana. Logo de cara não vejo muitos alunos, penso até que o espaço acabaria sendo remarcado, entendendo que, ao menos no domingo, não seria pecado para ninguém descansar um pouco. Sento-me em um banco, ao lado de Melissa, e ficamos vendo o pôr do sol caindo vagaroso.

Mas, que nada. Sem formalidades, os estudantes vão se sentando ao nosso redor, oferecem pipocas, dando a senha para o começo de uma roda de conversa. Enterro na hora a chance de uma oficina mais formal, com direito à *data show* e exposição no quadro. Não que isso não aconteça: há uma rede imensurável de apoio às ocupações, que passa também por professores dispostos a repor o conteúdo para as provas do Enem.

Mas, no nosso caso, caiu bem o bate-papo e as trocas de experiências e percepções sobre a mídia, numa época em que talvez as pessoas nunca tenham produzido tanta comunicação, que hoje atravessa a vida e a subjetividade de todos. Em poucos dias, as páginas criadas pelos estudantes no Facebook, fotos e grupos em apoio, multiplicam-se, gerando um burburinho intenso nas redes, mas que não acontece só ali. A organização está se dando na prática. Os números de ocupações se atualizam rápido, principalmente no Paraná, em escolas e universidades no restante do Brasil.

O futuro prometido para essa geração de repente virou um impasse. A geração que teve mais caminhos que a nossa – que fomos navegantes solitários e à deriva nos 1990 e 2000 –, de repente vive como no filme *De volta para o futuro* em poucas semanas. Perdendo de vista um horizonte que, nós acreditávamos até há pouco tempo, iria apenas se ampliar, em lugar de se estreitar como vemos agora.

É fato o que encontro em cada crônica ou relato que leio: a organização do espaço é notável. Divididos em comissões de segurança, comunicação, organização de atividades, com um cronograma enorme de oficinas, os estudantes organizam a cozinha, melhoram as carteiras, retiram entulhos que se acumulam nas escolas. Um grande mutirão não programado. Enfrentam também todos os dias debates com os pais, diretoras, professores, com a mídia. Em uma época de muita intolerância e gritaria, esses estudantes estão se aventurando na difícil arte do convencimento e do debate aberto.

O movimento é de estudantes, avisam a quem surge do lado de fora dos portões. Aceitam ajuda de organizações. Agradecem a força, mas não há solenidades. De dentro dos portões da escola, são esses jovens que tomam as rédeas da organização da sua vida. Querem ser ouvidos. O protagonismo é desses rostos sem lenço. Sem cara pintada. Às vezes, por precaução, apenas com os olhos descobertos.

Os boatos se somam. Ameaças de despejos, processos, prejuízo à escola e às eleições. A guerra é psicológica. As declarações do governador Beto Richa (PSDB) dão a linha e se espalham, pautando uma vez mais o cinismo. Quando o movimento é organizado por setores da universidade, especialistas ou militantes, "falta o povo", muitos gritam. Mas quando setores do povo se colocam em movimento, "eles não têm informação!", seguem gritando.

Algumas pessoas se dignam a ir até a ocupação perguntar se os estudantes sabem do que se trata a Medida Provisória 746, que reforma o ensino médio. Eles respondem. A fala ainda insegura, iniciante, sem traquejo. Porém, sabem o que não querem. E é também pelos professores que se enfrentam com o governador Richa, talvez uma das chaves para entender por que o movimento secundarista é tão forte no Paraná. É pelas bandeiras iniciais e sufocadas de junho de 2013, que pediam melhores serviços públicos e logo foram enterradas pelos setores conservadores e golpistas.

A ocupação nunca é um fim em si mesmo. Surge a partir de uma necessidade. Mas carrega algo de grito. Algo vivo. Transforma-se também no próprio sentido: resgata o público, o que é de todos, o espaço comum, que pode ser desfrutado de maneira igual e gratuita, com espaço para a livre expressão.

O pesquisador Ricardo Costa de Oliveira, especialista em decifrar as famílias políticas e oligarquias do Paraná, indica como todos esses espaços ocupados com nomes tradicionais agora dão lugar a uma juventude sem nome e sem rosto. "Não somos conduzidos, conduzimos o futuro do país", avisa um dos primeiros cartazes no portão do Colégio Pedro Macedo.

Aqui estão todas essas caras se colocando em movimento. Esse rosto coletivo de uma geração. A crítica é válida, mas é bom deixar um último aviso aos navegantes: você que olha com desconfiança o movimento secundarista, não tem direito depois de levantar as bandeiras da "cidadania", de "educação é tudo", de "os jovens têm que protestar e se mobilizar". Porque essa piazada está experimentando tudo isso na prática, sem palavras boas e vazias. Com a dor e delícia que isso traz.

Outubro de 2016.

# Crônica do dia quando
# Ivete disse não

Ivete acordou na madrugada do dia 15 de março, como sempre faz todos os dias do ano, e até mesmo nos feriados, por hábito. E quatro da manhã estava devidamente trajada como cobradora de ônibus. Só que ontem ela sequer cogitou a chance de sair da garagem da empresa de ônibus onde trabalha, na Cidade Industrial de Curitiba.

Ivete nunca havia participado ou se sentido parte de uma paralisação, "quanto mais de uma greve geral", surpreende-se.

Ivete estava com sorriso sereno, atenta aos informes de outras garagens que também foram trancadas. Esperava a vinda do presidente do sindicato, figura que ela nunca havia conhecido a não ser em cartazes. Ivete se interessou até mesmo pela situação de trabalhadores de outras empresas que aderiram. Ela e seus colegas de trabalho se misturaram com os metalúrgicos de uma unidade ao lado, pararam o viaduto que cruza o Contorno Sul, cinturão que rodeia Curitiba, onde outras histórias como a de Ivete emergiram.

Ela tem 60 anos, mas sua vida de trabalho é mais intensa, e nunca foi linear: dona de casa, informalizada, costureira, casada, desquitada, mãe, vendedora até chegar à carteira assinada: "Estou aqui na empresa só há 14 anos", resume. Um colega próximo questiona se, pela transição, ela pode ficar ainda na regra antiga da aposentadoria. Ivete reafirma: "Vou aqui mesmo na greve, é um absurdo o que estão fazendo com os jovens, é um absurdo mexer desse jeito na previdência, sem ouvir nenhum trabalhador".

Muitos analisam que há décadas não se reunia tantas categorias diversificadas de trabalhadores, no Paraná e no Brasil. No centro da cidade, foi possível ver também a cena invertida: jovens, bem jovens, estavam lá, lutando para ter garantido o seu direito a se aposentar ao menos com certo tempo antes da morte. Tudo isso aconteceu em 200 cidades do Brasil, mobilizando cerca de um milhão de pessoas, apesar de todo o esforço de invisibilidade na imprensa patronal.

O representante do RH da empresa de Ivete deu uma pressionada forte, ameaçou, tentou conversar com os colegas de Ivete, que davam de ombros. Para alguns naquela garagem era a primeira experiência na vida em cruzar os braços. Sentiam que agora, de fato, as coisas estavam tocando na vida deles.

De tarde, no centro da capital onde um ato de 40 mil pessoas havia se finalizado, fiz a cobertura da reunião da prefeitura com os sindicatos municipais. Diante de um céu azul excelente para fotografias e, num momento de distração, o caminhão de som foi tomado por uma trabalhadora da única unidade de saúde que paralisou naquele dia. Ela pegou o microfone e soltou uma das melhores frases: "O governo quer fazer o desmanche do que é público e aumentar o que é privado! Vocês estão entendendo isso?". A resposta foi geral. Por ironia da História, mesmo nos momentos mais difíceis, o Trabalho sempre acaba respondendo ao capital, sob os mais diferentes formatos.

Ivete provocava os colegas, não tinha essa de parar, de dispersar, de ir para casa, de dar conversa ao diretor de RH, animou-se quando eu falei de tirar uma foto, que alguns trabalhadores recusaram. Eu não insisti, porém, "Espera aí", Ivete tratou de organizar todo mundo para aquele memorial da luta, "o direito é nosso, a aposentadoria é nossa, não estamos fazendo nada de errado não", ela provocava. E se despediu de mim: " Como é boa a sensação quando a gente não aceita tudo né?"

15 de março de 2017.

# Quinhentos e oitenta dias entre luzes e sombras, debaixo de chuva e sol

escrito com Neudicléia de Oliveira

Poucos movimentos em apoio a um preso político duraram tanto tempo como a Vigília Lula Livre. As primeiras movimentações em defesa do ex-presidente Lula aconteceram ainda no dia 4 de abril de 2018, quando o STF deu sinal verde à sua condenação, rejeitando o *habeas corpus* preventivo. As organizações no interior da Frente Brasil Popular prepararam-se para o pior: no dia 7 de abril, Lula se apresentava, e o helicóptero pousava no teto da superintendência da Polícia Federal, no bairro Santa Cândida. Do lado de fora dos portões, bombas de gás lançadas contra mais de 2 mil pacíficos manifestantes.

Na mesma madrugada, todos retomaram suas energias e foi feita a promessa de a militância de sair dali apenas com a presença do ex-presidente. Já no primeiro dia foi adotada a prática de enviar a Lula o "bom dia", "boa tarde" e "boa noite". Todos os dias. Nos primeiros três meses a vigília ainda era na rua, com barracas de saúde, secretaria e comunicação.

Naquela esquina pela democracia machucada, mas viva, provou-se o sabor de um pouco de tudo: ataques de grupos conservadores; visitas de pessoas comuns querendo contribuir;

vasilha de água e chuveiro doados por moradores; provocadores a mando do deputado Fernando Francischini. Mas nosso espaço era de propostas, de projeto: a vigília tornou-se um centro de comunicação com entrevistas, coletivas de imprensa e reportagens diárias, no auge e ebulição da comunicação colaborativa, com vários veículos alternativos participando. Tornou-se também um espaço de rodas de conversas e formação política, apresentações culturais, que contaram com Ana Cañas, Chico César, banda Partigianos, João Bello e Susi Monte Serrat, entre inúmeros artistas que tomaram posição naquele momento decisivo.

No livro ata de registro dos visitantes à vigília, estão marcados 30 mil nomes. Os visitantes na realidade foram muito mais. Pessoas chegavam diariamente. E esse espaço se manteve ao longo de 580 dias, preparando comida para, em média, 50 pessoas, tudo a base de doações. O fato é que a solidariedade é algo fundamental neste momento no Brasil para a organização dos trabalhadores.

Uma piada começou no governo Temer e continuou mais forte no governo Bolsonaro: Lula foi mais visitado na prisão do que ambos em Brasília. Figuras da política brasileira e mundial, artistas, caso de Chico Buarque, religiosos e acadêmicos estiveram diante da Polícia Federal às quintas-feiras, quando o ex-presidente recebia duas visitas. O líder brasileiro também recebeu a visita de Monja Cohen, de Dilma Rousseff, do ex-presidente uruguaio Pepe Mujica, de Ernesto Samper, ex-presidente da Colômbia (1994-1998), de Jean Luc Mélenchon, que teve 20% dos votos na França. Do futuro candidato socialista do Zâmbia, país africano. O ex-presidente argentino Eduardo Duhalde e o presidente recém-eleito, Alberto Fernandez, também estiveram em 2019 diante dos portões injustos e pequenos da Polícia Federal.

Entre as atividades que fizeram parte do ritual da Vigília Lula Livre estava a consolidação do ato inter-religioso, todos os domingos, às 18h, reunindo lideranças religiosas católicas, evangélicas, umbandistas, entre outras. Era o momento para renovar o ânimo, carregado da simbologia de que a mensagem de Cristo essencialmente é de amor ao próximo, de justiça social, de valorização dos trabalhadores mais humildes. Experiência de tolerância e diversidade que deveria ser reproduzida em cada estado, reunindo os movimentos populares e as lideranças progressistas das diferentes religiões.

Nervosismo de todos. Às 17h45 do dia 8 de novembro de 2019 aconteceu o que muitos já não esperavam depois de mais de um ano e meio de cárcere. Até que veio a decisão do STF contra a prisão em segunda instância, na noite anterior. A Operação Lava Jato estava desmoralizada na sociedade.

Assim mesmo, naquela tarde, o tempo se arrastava. Todos desconfiavam se o Judiciário cumpriria mesmo as regras do jogo. De repente, os ombros cansados dos que lutavam todos os dias ergueram-se ansiosos e viram os advogados do ex--presidente chegarem animados vindos da Justiça Federal. Movimentação dos seguranças. Notícias correndo nos grupos de WhatsApp. O juiz havia enviado o alvará de soltura! Um corredor de coletes vermelhos do MST abriu alas, dos portões da PF até o palco montado na vigília, onde estávamos.

Do alto da rua, era possível sentir e ouvir a vibração da saída de Lula, os gritos das dezenas de pessoas e jovens ali presentes de última hora. Preparativos apressados da coordenação da vigília. Minutos tensos. Jornalistas posicionados. Um terremoto coletivo. Lula finalmente vem na direção do palco. Chega no atropelo dos abraços. Sobe. Confusão. Fazia sol. Nossos corações mais leves. Beijos. Muitos ali choravam. Seguranças tranquilos. Amigos. Dirigentes. Apoiadores.

Pessoas humildes e tenazes, algumas das quais passaram os exatos 580 dias diante da injustiça. Muitos agora cantavam. E a história brasileira voltava a jogar seus dados. Missão cumprida, sentimos naquele momento. Mas a luta, Lula bem sabe desde os anos 1980, essa não para.

Novembro de 2019.

# O sorriso de Néia

*Não estamos alegres,
é certo,
mas também por que razão
haveríamos de ficar tristes?*
Vladimir Maiakovski

Até onde eu pude perceber, a imagem feita pela fotógrafa Giorgia Prates transmite nas pessoas uma sensação mais do que necessária, urgente na verdade, nesses momentos dolorosos que vivemos.

Fiquei meditando sobre a imagem. Em tempos quando a gente dedica praticamente dois segundos para cada uma, aquela fotografia ainda está rodopiando na minha cabeça há pelo menos uns três dias e noites.

Aqueles olhos de dona Néia abertos, brilhosos, e aquele sorriso desenhado por trás da máscara, enquanto coordena uma cozinha comunitária em dia de estreia, pronta para atender mais de 200 pessoas no bairro.

Antes, eu e Giorgia chegamos a nos questionar se, em pleno alcance dos 100 mil mortos em nosso país, valia a pena estampar na edição *on-line* do jornal uma foto que de alguma forma transmite alegria.

Mas alegria neste momento? Não é essa indiferença que criticamos na presidência, em meio a um número de mortos de guerra?

Não. Aquela alegria registrada não era o mesmo contentamento cínico estampado nas rodas de bar. A alegria das elites não é a mesma alegria popular. Não se equipara ao mesmo individualismo do presidente da república que prega: "E daí?". O importante – esta é a mensagem – é cuidar apenas da *famiglia*.

O sorriso de Néia, ao contrário, é o sorriso doloroso, mas inteiro de esperança de um povo que não deixa de lutar, que assume seus problemas, que não é acomodado, como tantos gostam de fazer essa classificação. De quem toma rédea da própria vida.

Aquela senhora e tantas outras se somaram a uma experiência nova chamada União de Moradores/as e Trabalhadores/as (UMT), localizada no bolsão Formosa, no bairro Novo Mundo, na capital curitibana, na qual cinco associações de moradores estavam dispersas e resolveram tentar a difícil arte da unificação.

Algumas moradias locais estão simplesmente há trinta anos esperando pela escritura da casa, décadas pagando a prestação da Cohab, e nada. Ao mesmo tempo, é impressionante o olhar da gestão municipal que condena qualquer experiência de organização popular.

Uma das lideranças nos relatou que um administrador regional chegou a bufar: "O que que vocês tão aprontando com essa União de Moradores, hein?".

É exemplar como a classe dominante em nosso país enxerga e se assusta com qualquer forma de organização dos trabalhadores.

São tempos duros, é certo, mas constatamos que a fotografia com o sorriso de Néia ajudou a todos que a viram a espantar um pouco esses tantos fantasmas que seguem nos rondando.

Um sorriso-raiz.

Agosto de 2020.